GRENOUILLE ANDOUILLE

Jack Voukassovitch

BUNNIES WILL BE BUNNIES
Traduit de l'anglais (américain)
par Diane Cheymol

Cet ouvrage est une fiction.
Les personnages et les situations sont purement imaginaires.

Les idées ou propos des personnages, de même que les citations utilisées, ne reflètent pas nécessairement ceux de l'auteur.

ISBN : 978-2-9571422-2-4
Dépôt légal : Avril 2021

Ami lecteur, mon ami et complice,

Ce livre peut se découvrir sans avoir précédemment lu « A vendre linceul n'ayant servi qu'une fois », mais si vous prenez le temps de le faire, vous prendrez d'autant plus de plaisir avec « Grenouille andouille » !

« L'écrivain ne doit pas épuiser un sujet au point de ne rien laisser au lecteur. Il ne s'agit point de faire lire, mais de faire penser. »
Montesquieu

Du même auteur

A vendre linceul n'ayant servi qu'une fois

A Maroussia,
A Nathalie…
Diamants cachés dans leur gangue.

Paris, Mars 2021

A quoi réfléchis-tu, mon ami ?
Tu penses à tes ancêtres ? Ils sont poussière dans la poussière.
Tu penses à leurs mérites ? Regarde-moi sourire.
Prends cette coupe et buvons en écoutant sans inquiétude le grand silence de l'univers.

Robaiyat d'Omar Khayyam

La nature du loup, c'est de manger le mouton.

Je m'appelle Bob, Bob Lutz, du moins c'est mon nom actuel.
J'ai été obligé d'en changer plusieurs fois.
No other way, because divers assassinats et donc recherché par les flics…
Et tout cela parce ce que j'avais été trahi par une femme que je croyais aimer.

Il faut se garder du devant d'une femme, du derrière d'une mule et d'un moine de tous côtés.

Quand tout est OK, j'ai toute ma tête, je suis un brave et gentil garçon, mais à certains moments, je disjoncte, c'est ce qui s'appelle « to have a bat in the belfry »[1].

Dans ma tête, nous sommes deux, Bob le gentil garçon et Bob le GI.

Quand je disjoncte, je ne suis plus Bob le gentil garçon, non, je suis le résultat mental de ce que les drogues que l'on nous faisait absorber à notre insu et sans connaître leur dangerosité pour aller nous faire tuer et tuer du Vietmin, ont fait à notre cerveau de pauvre GI.

---

[1] Avoir une araignée au plafond

Sans ces psychotropes et autres saloperies, aucun soldat au monde n'irait se faire écharper sur un champ de bataille.
Le seul hic, c'est que ces drogues vous brûlent le cerveau, et si vous avez la chance de revenir à la vie civile après la guerre, votre équilibre mental n'est pas beau à voir.
Témoins les 150.000 pauvres gars qui se sont suicidés au retour, et bien sûr, sans aucune reconnaissance par les autorités de l'époque.
Et aucune prise en charge pour ceux que maintenant j'appelle « les clochards du Vietnam » …

Les nerfs des batailles sont les pécunes.
Rabelais

Anyway, quand ma tête s'enflamme, c'est terrible. Je perds pied, je n'ai plus de limites, tout est possible dans l'horreur, je deviens une bête fauve, ce n'est plus que mon cerveau reptilien qui agit, et malheur à celui – ou celle – qui s'oppose à moi dans ces moments-là.

Ô ! Seigneur, s'il y a un Seigneur ;
Sauvez mon âme, si j'ai une âme.
Ernest Renan

Dans une autre vie, pour moi il y a très longtemps, j'ai été plutôt beau gosse, petite gueule de frappe et joueur de tennis, puis tennis coach en Floride du Sud.

J'étais Jack, une sorte d'adorable diablotin qui s'agitait dès que passait un jupon aguichant à portée de son gun à un coup …

Puis j'ai été mobilisé pour cette foutue guerre du Vietnam, j'ai eu la chance d'en revenir physiquement indemne, mais le cerveau bien abîmé.
Mes meilleurs copains sont restés là-bas à servir d'engrais pour le manioc asiatique, ma vie était complètement détruite, n'ayant plus de réelle motivation … à part courir les filles, ça, pas de souci, ça marchait toujours bien.

Tout le plaisir de l'Amour est dans le changement.
Molière, Dom Juan, 1665

Ha ! Oui, j'oubliais l'essentiel : maintenant, j'ai une femme, Corinne, et une fifille, Diane.
Sans ces deux êtres, je ne serais certainement plus de ce monde, j'aurais fini par me suicider, c'est trop dur d'être deux dans une seule tête.

J'ai rencontré Corinne, jeune coiffeuse niçoise, sur la French Riviera, alors que j'étais en cavale, et j'en suis tombé amoureux.

J'ai changé plusieurs fois d'identité et, de Stan Smith, je suis devenu Bob Lutz (petit clin d'œil aux amoureux de la petite balle de tennis de feutre blanc).

Corinne ne sait rien de mes assassinats, mais connait les problèmes psychiques dont je souffre. Malgré tout, elle m'aime, que voulez-vous…

J'ai fourré Corinne dans mon backpack et suis reparti vivre aux US, mais il fallait que ce soit le plus loin possible de la Floride, et nous avons atterri à Honolulu, sur l'île d'Ohau dans l'archipel d'Hawaï.

Choisis ta femme, non à la danse,
mais à la moisson.
Proverbe serbe

Un matin où j'attendais le client dans ma nouvelle agence de détective privé, j'avais eu l'agréable surprise de faire la connaissance de Madame Pamela Rodriguez Diaz, sosie de Jessica Rabbit, bombe sexuelle à faire fantasmer tout homme normalement constitué.

En amour, la victoire de l'homme, c'est la fuite.
Napoléon 1er

Son vieux mari mexicain ne suscitait pas les mêmes émois, avec son faciès très ridé et tanné de bandido.

Rodriguez-Diaz et sa femme avaient décidé de vivre le plus loin possible du Mexique, c'était plus sûr à leurs dires, et gage qu'ils restent en vie.
En effet, le mari était propriétaire de la chaîne de magasins MERCATO-TOTAL, plus grand distributeur mexicain d'articles de sport … une

fortune … et à ce titre, une cible de premier ordre pour les mafieux chicanos … toujours à leurs dires …

Ils voulaient m'engager.
Mon rôle serait, si j'acceptais, d'être leur intermédiaire sur place et de gérer les éventuels conflits …
Intermédiaire entre qui et qui ? Conflits entre qui et qui ?
Pas de réponse, il fallait que je m'engage à l'aveugle … cela cachait sûrement quelque chose !

Devant mon hésitation, Rodriguez-Diaz avait sorti l'artillerie lourde : si j'acceptais son offre, je serais un homme riche sous peu. Les sommes évoquées le confirmaient.

Du coup, je n'avais pas réfléchi longtemps, et avais accepté le deal.

Voilà le décor planté, place à l'action !

Ou ne pas essayer, ou aller jusqu'au bout.
Ovide, born in 43 BC[2]

[2] Né en 43 avant Jésus-Christ

Rendez-vous avait été pris chez Rodriguez-Diaz, dont la résidence ressemblait plus à une maison hollywoodienne qu'au minuscule faré que j'occupais avec Corinne et Diane.
Seul point commun, c'était l'accès direct à l'océan Pacifique.
Sa maison était située pas très loin de la ville de Waïkiki et du « stupéfiant »[3] Diamond Head.

Apparemment, il n'y avait ni gardien, ni caméra de surveillance.
Il devait se sentir en sécurité absolue à Hawaï.

Je me garai devant la maison, après avoir emprunté une longue allée encadrée de palmiers, tout cela sentait le fric à plein nez.
Je m'étais débarrassé dans une casse auto de ma vieille Chevrolet de couleur marron foncé qui m'avait fait avoir de sacrés ennuis.[4] J'avais eu tort d'acheter une voiture trop facilement identifiable, et je l'avais troquée pour une basique Toyota blanche.

Ma nouvelle caisse ne s'intégrait pas vraiment dans le décor, mais je n'avais jamais attaché

---

[3] En français dans le texte – « Flabbergast »

[4] Voir « A vendre linceul n'ayant servi qu'une fois » du même auteur

d'importance aux apparences, et avec un haussement d'épaules désinvolte, j'appuyai sur le bouton de la sonnette, ce qui déclencha un lointain carillon qui n'aurait pas déplu à un curé mélomane. Après une deuxième tentative, personne n'était venu m'ouvrir, je n'allais pas compter les clous de la porte…

Le plus simple, c'était de faire le tour de la maison.

Arrivé de l'autre côté, j'aperçus une ravissante piscine dotée d'une cascade du type chutes du Niagara, avec une non moins ravissante pin-up allongée sur un transat, bronzant les seins à l'air, le téton agressif, vêtue - dévêtue ? - d'un maillot de bain de la taille d'un timbre-poste.
Je reconnus, malgré ses lunettes de libellule, Madame Rodriguez-Diaz.

Hâtons-nous de succomber à la tentation,
avant qu'elle ne s'éloigne.
Epicure (adepte de la doctrine de Démocrite)

Je peux résister à tout, sauf à la tentation.
Oscar Wilde

J'étais persuadé que Pamela Rodriguez-Diaz, connaissant l'heure de mon rendez-vous, n'était pas là à bronzer par hasard …

Le désir de plaire croît chez la femme
avant le besoin d'aimer.
Ninon de Lenclos (célèbre par son esprit)

Même si le spectacle était fort intéressant, mon esprit restait cependant concentré sur l'entrevue qui allait suivre.
Rodriguez-Diaz, malgré son âge, était un serpent du style crotale, il allait falloir jouer serré.

Je l'aperçus qui arrivait vers moi d'un pas énergique, il n'était pas homme à finasser, ni à perdre son temps. Il pila devant moi, me tendit sa main velue, ornée d'une bagouse à chaque doigt, et me déclara tout de go :

- Monsieur Bob Lutz, j'apprécie que vous m'ayez donné votre réponse positive rapidement, je n'aime pas les hommes qui tournent autour du pot, et qui ne sont donc pas courageux.

Je lui répondis que j'étais un sportif et homme d'action, n'ayant « qu'une parole »[5], et aimant faire face au danger.
Il enchaîna :

- Je ne vous cacherai pas avoir essayé avec quelqu'un d'autre avant vous, j'ai été déçu, très déçu même, ça s'est mal passé pour mes affaires, et ça s'est mal passé pour lui … Je ne supporte pas l'incompétence, que j'assimile à de la trahison. Je n'ai pas besoin de vous en dire plus, n'est-ce pas ?

Je lui répondis laconiquement :

---

[5] En français dans le texte – « a man of my word »

- Monsieur Rodriguez-Diaz, allons-en au fait. Quand commençons-nous notre collaboration ?

Avec un sourire carnassier qui puait l'approbation, mon nouvel employeur se décida :

- J'ai gaspillé trop de temps et d'argent à cause de ce salopard qui m'a trompé, et maintenant il faut rattraper le temps perdu. Je vous ai réservé un vol après-demain soir pour Mexico D.F.

Le danger que l'on pressent, mais que l'on ne voit pas, est celui qui trouble le plus.
Jules César

D'un ton péremptoire, il reprit :

- Ne restons pas debout, suivez-moi à mon bureau.

Une fois assis confortablement dans un fauteuil, un verre de scotch dans une main et une cigarette dans l'autre, j'écoutai attentivement Rodriguez-Diaz m'expliquer le contenu de ma future mission.

- Monsieur Lutz, je pense que vous avez compris que votre mission n'a pas de rapport avec mes magasins Mercato-Total, ou en tout cas pas directement. Ils fonctionnent bien, gracias a Dios.
  Si bien, qu'ils génèrent pas mal de cash, et qu'ils permettent également d'en recycler pas mal …
  C'est là qu'intervient mon deuxième business… et votre mission…

Figurez-vous que je me suis découvert une vocation de protéger mes concitoyens mexicains, en tout cas ceux qui ont eu le courage de monter des petits commerces, mais qui sont de fait à la merci de méchants mafieux qui cherchent à les racketter.

Alors, je les protège, et ils me rétribuent pour ce service…

Votre rôle sera de récolter cet argent pour que je puisse le recycler dans mes magasins Mercato-Total.
C'est simple en fait : vous moissonnez et vous remettez le produit de la récolte à mon collaborateur sur place, à Mexico. C'est le seul homme en qui j'ai une confiance absolue là-bas, vous serez en contact permanent avec lui. Pablo Lopez, c'est son nom, et c'est aussi mon comptable.
Vous devrez toujours passer par lui si vous avez besoin d'échanger avec moi. N'essayez jamais de me contacter à Hawaï depuis Mexico, tout doit passer par Pablo.

Ayant vérifié d'un regard perçant que j'avais pigé, il continua :

- Vous serez accueilli à l'aéroport de Mexico D.F. par Juan Carlos. Il sera votre garde du corps et vous briefera sur le déroulement des opérations. Vous verrez, il est assez impressionnant physiquement, une montagne de muscles expert en close-

combat, sans parler, il va de soi, du maniement des armes en tous genres.
Il a une spécialité pour se faire obéir … hum … mais je lui laisse le soin de vous expliquer les modalités pratiques de votre mission !

Il me tendit alors une épaisse enveloppe, et enchaîna :

- Voilà vos billets d'avion, vouchers et autres nécessités.

L'enveloppe était épaisse, j'en conclus qu'elle contenait aussi une avance sur mes services.
Avec un grand sourire, je lui demandai comment reconnaître Juan Carlos à l'aéroport, ayant entendu dire que le lieu était gigantesque.
Il balaya cette question d'un geste de la main :

- Ne vous prenez pas la tête avec ça, c'est un détail.

Il reprit, sans même donner l'impression de respirer :

- Voilà, à vous de jouer, je vous ai dit l'essentiel.

Je me dis en moi-même que cela semblait un peu trop facile, car comme dit l'adage « *entre bouche et cuillère vient souvent obstacle* », mais décidai de garder mes réflexions pour moi.

Rodriquez-Diaz me raccompagna jusqu'à ma Toyota, et, sur le point de me quitter, sembla se raviser et se fendit d'une dernière tirade étonnante:

- Monsieur Lutz, vous êtes jeune, bel homme, vous devez plaire aux femmes. Vous avez fait la connaissance de ma femme Pamela lors de notre première rencontre dans votre agence de détective privé. Méfiez-vous d'elle. Je l'aime toujours, mais notre relation a évolué. Chacun fait sa vie de son côté, donc je ne m'occupe pas de ses relations amoureuses, mais si elle vous court après, c'est votre problème, pas le mien. Sachez que c'est une tueuse de ménages redoutable, qui au final, ne fait cela que pour son plaisir. Elle aime faire souffrir les hommes et les rendre malheureux, c'est une frigide sadique. Moi j'ai abandonné depuis longtemps, mais j'aime sa présence. Je ne vous dirai pas ce qui m'a blessé et me fait encore souffrir, ce n'est que celui qui porte la chaussure qui sait où elle le blesse… Mais méfiez-vous !

Cette sortie inattendue m'abasourdit, mais je ne pouvais quand même pas dire à mon nouvel employeur qu'il pouvait se carrer là où je pensais ses mises en garde à la con.

Impassible, je me contentai de répondre :
- Merci du conseil, Monsieur Rodriguez-Diaz, à bientôt !

Il faut choisir d'aimer les femmes
ou de les connaître.
Chamfort

Une fois rentré au faré, j'embrassai tendrement Corinne, puis berçai Diane dans mes bras.
Mais, je n'avais qu'une idée en tête, vérifier le contenu de l'enveloppe, ce que je fis en m'isolant tout au bout de la varangue.
Il y avait un billet d'avion sur un vol Aeromexico en classe affaire – sympa - et les vouchers pour l'hôtel … Apparemment, mon boss était un homme de goût, même si c'était un bandido …
Il avait choisi l'hôtel La Casona dans le quartier de la Condesa, non loin du Bosque de Chapultepec, hôtel pour connaisseurs raffinés, mais il est vrai que les hôtels de charme de manquent pas au Mexique …

Je regardai par curiosité la date de retour, durée sur place trois semaines, cela allait être long, privé de mes deux amours, ces deux êtres qui étaient maintenant de plus en plus nécessaires à mon équilibre mental. Je risquais d'être plus malheureux que le bois dont on fait les gibets …

Sois persuadé que tes seuls trésors sont ceux que tu portes dans ton cœur.
Démophile, philosophe grec
Deuxième siècle de l'ère chrétienne

Il y avait aussi dans l'enveloppe de l'argent, une liasse de billets de 50 pesos dont j'ignorais le cours actuel et une autre de billets de 100$, là pas de soucis… à vue d'œil et surtout à l'épaisseur, pas moins de 10.000 dollars. Cela commençait bien. Certainement trop bien…

Une brusque bouffée de colère m'envahit, démarrant au niveau du ventre qui se crispa sous l'attaque, remontant par la gorge et la mâchoire qui se serrèrent pour y résister, mais ne réussirent pas à bloquer sa progression vers mon cerveau endommagé.

Avant le Vietnam, je ne me serais jamais lancé dans une aventure aussi hasardeuse, et potentiellement à risques.
Et voilà que maintenant, j'acceptais sans sourciller une mission dangereuse pour le compte d'un client redoutable, au mépris de la sécurité de ma famille…
C'était à se taper la tête contre les murs, je m'en sortis en punchant les coussins du sofa sur lequel mon corps s'était brutalement tendu.
La colère retomba instantanément.
C'était fou, c'était la faute au Vietnam.

Maintenant, je pouvais me mettre en colère facilement, alors qu'avant la guerre j'étais imperturbable, stoïque, toujours maître de moi, même dans les pires situations, c'était certainement le résultat des matchs de tennis joués, où il faut savoir garder la tête froide …

Risquer de devenir fou me faisait peur, mais là, je ne pouvais pas contrôler cette évolution, merci le Vietnam, merci les psychotropes.
Sénèque disait « la colère est une courte folie », mais pour moi, si cela arrivait … hum, hum … ça allait durer …
Le problème, c'est que quand mon cerveau se mettait en ébullition, ce n'était pas court, c'était long, long comme un anaconda dont on aperçoit la tête sans jamais voir la queue.

La guerre, c'est une chose trop grave
pour la confier à des militaires.
Georges Clémenceau en 1886

Je remis le tout dans l'enveloppe et retournai discuter de ma nouvelle mission avec Corinne. Elle ne parut pas surprise, ni par la mission ni par sa durée, au contraire elle me félicita de ce qui arrivait, tout en m'avertissant d'être prudent, car je lui avais déjà fait un topo de la possible dangerosité de l'affaire.

Les deux jours précédant le départ s'écoulèrent à la vitesse d'un torrent de montagne, nous étions tous les trois heureux, la vie nous souriait.

Corinne n'avait jamais été aussi resplendissante, désirable, tout en elle respirait la sensualité, c'était maintenant une femme et mère épanouie, les quelques rondeurs qu'elle avait prises avec la naissance de Diane n'étaient pas pour me déplaire, bien au contraire, mon cerveau de jeune « buck »[6] démarrait instantanément au contact et à la vue de ces courbes … ce qui faisait se développer ma plus belle pensée !

L'actrice Mae West affirmait avec raison que la ligne courbe était la plus jolie d'un point à un autre …

Femmes, c'est vous qui tenez entre vos mains le Salut du Monde.
Léon Tolstoï

[6] Jeune poulain

Honolulu International Airport

Les dés étaient jetés une fois de plus, comment et où ils allaient retomber … mystère. Les chemins que j'allais emprunter seraient semés de traquenards, mais c'est pour cela que j'étais employé : NO RISK, NO GAIN.

Voyager en classe affaire, ce n'est que du plaisir. Les hôtesses mexicaines s'affairaient à satisfaire la moindre de mes envies.
14 heures de vol avec escale à San Francisco, ça commence à faire, mais dans ces conditions, pas de réelle fatigue, ça change de la classe éco !
Je draguai pour la forme une hôtesse qui avait un sourire à illuminer une pièce sombre et qui accepta de jouer le jeu, puis ayant dégusté un repas digne d'une table étoilée, je mis mon siège en position couchette et décidai de m'offrir un roupillon en prévision des fatigues à venir.

A mon réveil, l'avion était en approche, et je jetai un coup d'œil curieux par le hublot.
La ville de Mexico est intéressante, pleine de surprises, beaucoup de parcs, de jardins, d'arbres les avenues sont aérées. La pollution n'est plus ce qu'elle était, bien que la ville soit blottie dans une cuvette. Elle est cependant immense cette

dépression, entourée de montagnes, formant la vallée de Mexico.
Il y a toujours une petite brise qui « évacue » les restes de la pollution, et le plus difficile, c'est l'adaptation à l'altitude de 2250 mètres, ce qui fait que vous êtes déshydraté en permanence. Le climat est idéal, subtropical, chaud et ensoleillé en journée, frais la nuit, parfait pour passer d'excellentes nuits.

On veut son plaisir, on veut s'éviter le déplaisir.
Humain, trop humain - Nietzsche

Toujours pour la forme, je donnai mon prénom et le nom de mon hôtel à l'hôtesse de l'air – elle s'appelait Pilar – et quittai l'avion.
La douane à l'aéroport de Mexico City Juarez International, ça ne plaisante pas ! Surtout pour les asiatiques qui sont quasiment mis en quarantaine – en tout cas isolés plusieurs heures – pour vérifications.
Quand vous croyez que c'est bon, il faut encore appuyer sur un bouton qui, s'il passe aléatoirement au rouge, vous oblige à tout recommencer, sympa ! Heureusement, il passa au vert pour moi.

J'allai paisiblement récupérer ma valise. Je me doutais bien que Juan Carlos, mon garde du corps, devait me guetter, ayant un descriptif précis de mon physique avantageux, voire une photo pour me reconnaître.
Effectivement, je n'avais pas fait dix pas après le dernier sas de l'immigration qu'un gaillard me barra le passage.

Mélange entre gorille et « cave man [7]», très bronzé, bien évidemment poilu, les traits du visage épais et ridés profondément, c'était forcément Juan Carlos. Le simien essaya de se fabriquer un sourire et m'apostropha d'une voix interrogative :

- Monsieur Bob Lutz ?
- Oui, je suis Monsieur Bob Lutz.
- Perfecto ! Alors, saludo amigo ! Yo soy Juan Carlos, votre garde du corps.

Je lui balançai aussi un sourire et lui tendis la main qu'il s'empressa de serrer, ce dont j'aurais mieux fait de m'abstenir, car j'eus la douloureuse sensation de l'avoir fourrée dans un étau.
Il se saisit d'autorité de ma valise et se dirigea vers les parkings d'une marche proche d'un petit footing. Nous n'eûmes aucun échange verbal jusqu'à ce que nous soyons assis dans une sorte d'énorme 4x4. Au bruit de fermeture des portes, j'en déduisis que la voiture était blindée.
Tout en me laissant conduire, je pensai que là, j'y étais, il allait falloir assumer, je me doutais que pour Rodriguez-Diaz, ces trois semaines allaient être un test.
Ou je faisais l'affaire, ou il me « dégageait » !
Cela ne m'inquiétait pas outre mesure, après les horreurs de la guerre, tout le reste n'était que « du gâteau »[8].
Je ne savais pas que je me trompais.

Anyway, là où la chèvre est liée, il faut bien qu'elle broute !

---

[7] Homme des cavernes

[8] En français dans le texte – « A piece of cake »

Sur le chemin menant à l'hôtel La Casona, la circulation était très importante, c'était la rançon payée cash par toutes ces capitales d'Amérique Latine, et mon chauffeur y allait des « mucho trafico » et autres.
Mes notions d'espagnol étaient faibles, cette lacune serait comblée rapidement !
J'ai toujours été doué pour les langues …

A un moment, Juan Carlos m'apostropha, accompagnant la parole d'un geste de la main :

- A la izquierda, la casa del Trotsky[9].

Je me penchai et aperçus une maison entourée d'un grand mur, c'était là que Trotsky s'était réfugié après sa fuite de Russie, mais avait fini par être rattrapé et assassiné à coup de piolet …

Juan Carlos se gara devant l'hôtel La Casona, porta ma valise jusqu'à la réception, et tout en me saluant m'informa :

- Soyez dans le hall à vingt heures. Monsieur Pablo Lopez, le bras droit et comptable de Monsieur Rodriguez-Diaz a besoin de vous voir pour vous expliquer comment vont se dérouler vos trois semaines au Mexique. Quant à moi, je vous attendrai au volant demain matin à huit heures précises. Passez une bonne soirée et une bonne nuit. Adios !

Je le remerciai, bien que fort surpris d'attaquer si tôt.

---

[9] Sur la gauche, la maison de Trotsky

Certes, renard qui dort la matinée n'a pas la langue emplumée, mais attaquer quoi ? Je réalisai que je ne savais rien de précis sur mon futur rôle.
Anyway, Pablo Lopez allait tout m'expliquer le temps d'un repas.

Rasé, douché, habillé de propre et reposé, je l'attendais dans le hall comme demandé, en avance sur l'horaire prévu, je n'allais pas lui faire croquer le marmot.[10]
J'étais confortablement assis dans un fauteuil club et matais les gens qui entraient et sortaient de l'hôtel. Je n'avais aucune idée du physique de celui que j'allais rencontrer, donc je laissais errer mon regard sur la gent féminine locale qui semblait avoir beaucoup de piquant. Cheveux aile de corbeau, peau tannée à souhait, très sexy, souriantes, conscientes de leur pouvoir de séduction sur « los hombres », volubiles avec cette expression qui revenait fréquemment dans leur conversation : « é claro que si, é claro que no ! ».[11]
Ça me faisait sourire …

Une toux à peine étouffée me fit détourner le regard et j'aperçus un señor mexicain sosie de Stan Laurel, tant il était grand et mince et son visage était allongé, mais nulle trace de son compère Oliver Hardy !

S'inclinant devant moi, il m'apostropha :

---

[10] Gallicisme en français dans le texte, ne pas faire attendre quelqu'un
[11] Bien sûr que oui, bien sûr que non

- Excusez-moi, señor, vous êtes certainement Monsieur Bob Lutz ?

J'aurais pu lui rétorquer que, vu la fréquentation très locale de l'hôtel et que j'étais le seul étranger dans le hall, ce ne pouvait être que moi, mais je me retins, il n'est pas bon de froisser d'emblée un nouveau partenaire.
Je me levai, tout en penchant légèrement le buste dans une piètre imitation de sa posture servile, et lui répondis :

- C'est exact, et je suppose que vous êtes Monsieur Pablo Lopez.

Après une légère hésitation, je rajoutai : « Encantada ! [12]»

Je ne savais pas exactement ce que cela voulait dire, mais un groupe de mexicaines que j'avais matées en attendant mon rendez-vous s'étaient saluées respectueusement de cette manière.

Pas sûr que j'aie réussi mon coup, en voyant le rictus qui déforma brièvement le visage de Lopez, mais il me tendit tranquillement la main, et je la serrai de la même façon…

Pablo Lopez avait choisi un restaurant dans le Centro Historico, c'était la célèbre Casa del Azuleros, la « maison des tuiles » recouverte de carreaux bleus et blancs, avec toujours en façade

---

[12] Enchantée (féminin)

les barres de bronze pour attacher les chevaux des caballeros…

Une fois assis dans l'immense salle aux tables suffisamment espacées pour pouvoir discuter sans craindre les oreilles indiscrètes, nous passâmes aux choses sérieuses.

- Señor Lutz, j'espère que notre collaboration sera fructueuse et durera dans le temps. El Señor Rodriguez-Diaz a dû vous expliquer les déboires qu'a connus votre prédécesseur, nous ne pouvons plus nous permettre un nouvel échec, ce serait catastrophique. El Señor Rodriguez-Diaz a mis plus de trente ans pour édifier son empire, il n'est plus assez jeune maintenant pour être sur le terrain, d'où le choix qu'il a fait en vous recrutant. Je pense d'après votre attitude que cela ira avec vous ! Et vous, qu'en pensez-vous ?

Sa question me parut bizarre, et je ne savais pas très bien quoi lui répondre, j'enchaînai cependant rapidement :

- Je sais m'adapter à toute nouvelle situation.
- El Señor Rodriguez-Diaz m'a dit que vous avez été soldat pendant la guerre du Vietnam ?
- C'est exact.
- Avez-vous été blessé ?

Par souci de facilité, je débitai une banalité :

- Non, j'ai eu la chance de ne pas être blessé, physiquement du moins, mais psychiquement, nous avons tous été atteints, c'est moche la guerre.

Lopez opina d'un signe de tête, mais je lus dans son regard qu'il n'avait pas compris.
J'aurais pu lui rappeler ce conseil que l'on donne à quelqu'un qui se trouve dans une situation où il n'y a pas d'issue valable :
« *Ne vous jetez pas dans la rivière par peur de la pluie* »
Mais ça ne lui aurait pas fait mieux comprendre…

Pablo enchaîna :

- Les encaissements se passent bien en général, mais, parfois, il y a des problèmes, c'est là qu'intervient le Señor Juan Carlos. Il sait y faire, il se débrouille la plupart du temps tout seul, mais cela peut se faire qu'il vous demande de l'aider, donc ne soyez pas surpris si cela arrive. Toute « politique de protection » repose sur la peur, quelqu'un qui est terrorisé accepte l'inacceptable. La plupart des gens ont une femme, des enfants, ce sont des moyens de pression redoutables. Comprenez, Señor Lutz, que nous offrons une protection bien réelle à tous ces gens. Ça peut faire sourire comme argumentation, mais le Mexique est un pays vraiment dangereux, la corruption est installée à tous les niveaux du pays, à commencer par les policiers…
  C'est là que nous intervenons, pour calmer le jeu, au final, ceux qui acceptent notre « protection » dorment tranquillement, ça

leur évite d'être la proie de voyous « inorganisés » !
Le réseau du Señor Rodriguez-Diaz recouvre toutes les zones où est installé un magasin Mercato-Total. Les bandidos le savent, c'est chasse gardée. A eux d'aller « s'amuser » ailleurs…
Vous comprenez bien que, derrière Juan Carlos, il y a de nombreuses équipes qui agissent si nécessaire. C'est une armée, mais dans l'ombre, normalement vous n'aurez jamais à faire à eux d'une manière directe, pour vous le mot de passe c'est Juan Carlos, tout le monde s'incline, rien qu'à entendre son nom. C'est un hombre paisible tant qu'on ne l'embête pas…
Juan Carlos est toujours armé, ce sera pareil pour vous, vous lui direz si vous avez une arme de prédilection, vous aurez aussi un permis de port d'arme légal, avec nos relations cela vous donne la possibilité de tuer quasiment qui vous voulez sans être inquiété après.
Quand nous nous quitterons tout à l'heure, n'utilisez plus le nom de Lutz, n'utilisez plus que Bob, pareil pour moi, que Pablo, et idem pour Juan Carlos, que Juan.
C'est vous qui garderez les enveloppes dans le safe[13] de l'hôtel La Casona. Vous me les remettrez une fois par semaine, le vendredi soir, dans un lieu chaque fois

[13] Coffre-fort

différent et que je vous indiquerai à la dernière minute.
Voilà, je vous ai dit l'essentiel pour l'instant, à vous de prendre vos marques dès demain matin.

Les mets furent délicieux, le service impeccable, comme c'est généralement le cas au Mexique.
Pablo Lopez me raccompagna jusqu'à l'hôtel, il me demanda si j'avais une ou des questions, je lui répondis que non.

- Alors, Bob, hasta luego et à vendredi prochain, me dit-il en me tendant la main.

Je lui répondis, tout en lui serrant la main :

- Bonne nuit à vous aussi Pablo, à bientôt.

Be sure you are right, then go ahead ![14]
Davy Crocket

Une fois allongé sur le lit, j'appelai Corinne. Malgré le décalage horaire, j'avais envie d'entendre sa voix, ça me massait le cerveau, ça m'apaisait, car, en fin de journée, le Bob GI au cerveau abîmé voulait reprendre le dessus sur le Bob GG (gentil garçon).
Nous papotâmes, j'essayai de ne pas lui faire sentir que j'appréhendais un peu la journée du lendemain, mais autant essayer de cacher à un chien votre peur lorsqu'il sort les crocs…

[14] Soyez sûr d'avoir raison, puis allez-y !

Les femmes devinent tout, et quand elles se trompent, c'est qu'elles réfléchissent.
Alphonse Karr

Corinne me dit avec humour :

- Bob, my love, ne t'inquiète pas, s'il y a le moindre problème, j'accours, et ils verront, ces mexicains basanés, de quel bois se chauffe une française amoureuse pour sauver son HOMME !

Et elle me lança l'aphorisme suivant :

- Là où tant d'hommes ont échoué, une femme peut réussir !

Tous ces mots échangés, ce n'était que du bonheur !...
Bonheur dont j'avais tant besoin.
Bonheur de l'instant…
Nous étions « bêtement » heureux.

Après une bonne nuit et des huevos rancheros[15] arrosés de café au lait très sucré, j'étais paré pour retrouver Juan Carlos.

Ponctuel, il m'attendait au volant du 4X4 blindé et il m'accueillit d'un :

- Buenos dias, señor Bob ! Que dia mas bonito ! [16]
- Buenos dias, señor Juan, fut ma répartie, ne sachant pas trop ce qu'il m'avait dit, il allait falloir que je me mette à l'espagnol, au moins sur l'essentiel.

Apparemment, les mexicains ignorent le vouvoiement, car Juan me demanda :

- Es-tu prêt, Bob, pour ta première journée ?

Je lui répondis que j'étais prêt, mais que c'était relatif, puisque je n'avais aucune idée précise du déroulement de cette journée.

- No problemo, me dit-il.

Il se pencha et sortit de la boîte à gants une petite sacoche qu'il me tendit, tout en me disant :

---

[15] Œuf façon ranch (tortillas, nachos, purée de haricots, œuf, avocat…)

[16] Bonjour, quelle belle journée !

- Voilà, il y a à l'intérieur le permis de port d'arme qui pour nous pourrait s'appeler permis de tuer, bien sûr pas n'importe qui ! Pas besoin de te faire un dessin…

Juan me remit en mains le pistolet qui s'y trouvait. C'était un CZ27 (Ceska Zbrojovka tchèque).
En fait, un Browning 9mm à canon court, à action simple. Lors de la dernière grande guerre, les officiers de la Wehrmacht utilisaient le CZ27, leur choix était bon.
Comment un tel pistolet relativement peu produit avait fini par arriver au Mexique, mystère…
Ce n'était pas mon arme préférée, j'avais eu l'occasion de l'utiliser au Vietnam. Je dis à Juan que je l'aimais moyennement, question d'habitude.

Il me répondit :
- Mais, Bob, no problemo, quelle arme veux-tu ? Dis-le moi et tu l'auras dès demain matin.
- Je préfèrerais un Walther P.38, avec des balles DOUM DOUM.[17] Pour moi, ce pistolet est le meilleur rendement, et surtout, pas de danger qu'il s'enraie.
- Parfait, Bob, tu l'auras demain.

Nous partîmes dans une discussion intense sur l'importance de choisir la bonne arme de poing, d'avoir un « stopping power » correct. Il y avait

[17] Balles creuses (expansives) fabriquées à l'origine à Calcutta, dans un faubourg dénommé DOUM DOUM, dans une manufacture anglaise.

toute une « alchimie » pour arriver à fabriquer et mettre au point la cartouche et la balle idéales, qui mettent hors de combat immédiatement un adversaire.
Vitesse du projectile, si possible supérieure à la vitesse du son (> 304m/s), poids de la balle, diamètre, blindée ou pas, pointe ronde ou creuse…, pour arriver à la conclusion que c'est la simple balle en plomb dur et à pointe creuse qui surclasse toutes les autres.
Le P38, avec sa légendaire cartouche, le 9mm Parabellum, réunissait toutes ces qualités, cette arme elle aussi avait été utilisée par la Wehrmart pendant la guerre.

La guerre, l'art de tuer en grand et de faire avec gloire, ce qui, fait en petit, conduit à l'échafaud.
J-H. Fabre.

Juan conduisait très calmement, et nous nous dirigeâmes vers le barrio SAN MIGUEL TEOTONGO, plein Est de la ville, quartier populaire où il vaut mieux ne pas traîner la nuit venue. Il m'expliqua que cette semaine nous patrouillerions cette partie de Mexico D.F., puis nous irions jusqu'à la ville de Puebla, petit bijou typique mexicain très touristique, dont raffolent les américains, et bien sûr parfait pour le business de Rodriguez Diaz.

La ville de « Méïco » comme ils disent, n'a aucune mesure avec des capitales comme London, Paris, Roma.

« Méïco », c'est une pieuvre avec des tentacules, en voiture c'est redoutable, quand vous êtes embarqué sur une voie rapide (bien sûr pas la bonne), c'est parti pour plusieurs kilomètres sans possibilité d'en sortir. Et, ne comptez pas faire demi-tour, ça ne fonctionne pas comme cela.
J'espère que dans le futur, quelqu'un inventera un système électronique pour s'orienter !

Juan m'expliqua, une fois garé devant une sorte d'immense et ancienne hacienda, comment procéder. Il avait lui-même à la main un gros et épais carnet, qu'il se mit à consulter.

- Bob, à l'intérieur ce ne sont qu'échoppes sur échoppes, c'est à toi de prendre l'enveloppe qu'ils te tendront.
- Et toi, Juan, que fais-tu ?
- Moi, j'observe tout en restant collé à toi, il nous faudra être prudents.
- Mais, pourquoi me donneraient-ils l'enveloppe à moi ?
- Ne t'inquiète pas, ils savent que c'est « l'hombre » qui m'accompagne qui se saisit de l'enveloppe. No problemo. Evite de croiser longuement leur regard, pas de sourire ni de remerciement, ne leur serre jamais la main, ce serait interprété comme un signe de faiblesse, et bien sûr aucun commentaire. Toi, pour eux, tu n'es qu'une sorte de « banquier », ça les rassure, car moi ils ne m'aiment pas, ils me craignent, je leur fais peur.
  Bon, on y va, je t'indiquerai où rentrer.

- On ne les « protège » pas tous ?
- Non, ça dépend de leur business et surtout de ce qu'ils gagnent.
  Bon, Bob, on arrête de parler tant que nous ne serons pas ressortis de l'hacienda. Tu dois toujours être sur ma gauche, car j'ai mon revolver dans ma poche droite. Moi, je préfère les revolvers, ça ne s'enraie jamais.
  Et n'oublie pas, si je te crie « Duck », tu te baisses le plus rapidement possible et j'agis, c'est rare comme situation, mais ça arrive, et là, ça peut très vite tourner à la boucherie, tu as fait la guerre, tu sais de quoi je parle.

Dieu aussi a son enfer ;
c'est son amour des hommes.
Nietzche

Heureusement, pour mon baptême du feu, ce premier « mercado » se passa sans anicroche.
Quand nous passions devant une échoppe sur la liste de Juan, il me glissait à l'oreille un « aqui »[18], tout en indiquant de sa main gauche le stand en question.
Il avait, en revanche, toujours sa main droite plongée dans la poche de sa veste.
Je me saisissais de l'enveloppe tendue par le mexicain rançonné, qui était habitué à ce manège se reproduisant chaque mois, puis je continuais d'avancer. C'était de l'abattage, la matinée passa

---

[18] Ici

très vite, cela m'avait donné une faim de loup. Je me dis en moi-même, amusé, « *qui se fait brebis, le loup le mange* ».
Ça sert d'être passé très vite dans une fac de philo. Ha ha !

Juan arrêta la voiture devant une « fonda », petit restaurant traditionnel, où il n'y avait que des mexicains basanés. Juan commanda d'autorité deux tacos d'arrachera[19] asada y marinada. C'était un plat populaire typiquement mexicain à base d'une viande coupée très fine, sorte de « flap steak » fondant dans la bouche, un régal, bien souvent les plaisirs les plus simples sont les plus « succulents ».

Tout en se gavant, Juan m'avertit :

- Bob, n'oublie pas, ne mange jamais rien dans les petits bouis-bouis ambulants au coin des rues, car ton estomac n'est pas habitué aux microbes et virus qui grouillent dans leurs cantines. Tu irais directement dans un état grave aux urgences de l'hôpital le plus proche, c'est ce qui arrive régulièrement à tous les « gringos »[20] expatriés ou touristes.

---

[19] Prononcer « arrassera »

[20] Version possible : durant la guerre americano-mexicaine du 19° siècle, les militaires américains avaient un uniforme vert. Les mexicains leur criaient « green go home ! » (les verts, retournez chez vous !)

Et de m'expliquer que si la cuisine mexicaine est très pimentée, c'est justement parce que les piments, ça désinfecte.
Et de rajouter, entre deux bouchées, mort de rire :

- Plus le chile est petit, plus il est fort !

De toutes les passions, la seule vraiment respectable me paraît être la gourmandise.
Guy de Maupassant

Le repas terminé, ce furent les inévitables cigarillos mexicains de Vera Cruz, ville côtière de l'Est, à l'origine de la plante du tabac.
Pause bienvenue, moment de communion entre mecs !

Nous remontâmes en voiture, empruntâmes l'autopista en direction de Puebla et finîmes par nous arrêter au barrio d'Evolucion, un véritable labyrinthe en périphérie Est de la capitale.
Juan circulait dans ce dédale de rues comme chez lui. Là, ce n'étaient que des habitations à deux, voire trois étages au maximum, avec sur les toits plats l'inévitable citerne d'eau peinte en noir ou en blanc. Tout cela en moellon et béton brut, avec l'incontournable commerce en rez-de-chaussée.

Juan avisa :

- Bob, ne cherche pas à t'orienter, c'est peine perdue pour toi, il faut être du coin et surtout avoir passé son enfance à Mexico.
- Merci du conseil, c'est ce que je pensais.

Et il rajouta, un peu moins léger :

- Bob, il va nous falloir être plus prudents que ce matin, là, ce sont des commerçants établis, ils gagnent mieux leur vie et donc, ils sont plus retors.

Cependant, là non plus, sur tout l'après-midi, il n'y eut pas le moindre problème. Le danger semblait plus important parce qu'il fallait s'enfoncer à l'intérieur des magasins, et un piège était forcément plus difficile à déjouer.
Mais je reste persuadé que Juan avait choisi deux barrios « tranquillos » pour me laisser le temps d'assimiler globalement comment se passait ce racket.

Toujours des réminiscences de mon passage en fac de philo... l'association des mots racket et pollution me rappelèrent cette réflexion de Louis Pauwels :
« *Je ne crois pas au péril pollution, mais il faut surveiller. La pollution comme mythe négatif est un racket qui mérite le prix Nobel de l'escroquerie.* »

Nous rentrâmes vers La Casona à la fin de cet après-midi éprouvant, du moins pour moi.
J'étais resté en permanence tendu, dans l'attente d'un incident et je commençais à souffrir de la chaleur moite si caractéristique de Mexico.
Juan n'était pas dupe de mon état et cherchait à me détendre, balançant des « Que calor ! » et « Que mucho trafico ! » en roulant des yeux vers moi. J'en rigolais comme un enfant qui ne vit que dans l'instant présent, et c'était bon.

En me quittant, Juan me salua amicalement :

- Que descanses, Bob, hasta manana por la manana. Buenas noches ![21]

Une fois douché et habillé de propre, je me retrouvai enfoncé dans un fauteuil du bar-lounge de l'hôtel, relax, une bière Corona à la main, laissant glisser mon regard sur les courbes des belles poules mexicaines, qui ne manquaient pas d'attraits… Attrait de l'exotisme dont nous, les hommes, nous raffolons.
Après quelques gorgées de Corona, je me mis à penser à ma vie, il y avait très nettement un avant et un après le Vietnam, j'avais failli mourir pour la patrie sans savoir que c'était en fait pour des industriels, triste réalité.
Oh ! C'est pas nouveau… Rien de nouveau sous le soleil, comme disait un bipède il y a deux mille ans.

Quiconque ravale un autre homme, me ravale.
Walt Whitman

Nous sommes tous dans la même barque, faut comprendre ! Quand tu fais du mal à « l'autre », tu te fais du mal à toi-même… Sauf les cons doublés de salauds, ils « ne comprennent pas », mais le monde en regorge, ils sont restés au niveau de la bête, mais fais gaffe, mec ! Ils sont partout, ils rôdent ! Ils ne se reposent jamais…
C'est pourquoi le monde va mal.

[21] Repose-toi, à demain matin. Bonne nuit !

Mon esprit divaguait tranquillement et je me dis, comment peut-on être « aveugle » à ce point, c'est l'aveugle qui guide l'aveugle, et c'est faire la guerre pour que règne la paix…
Et toujours en laissant gambader mon esprit, j'en arrivai inévitablement à la réflexion d'Henry Miller :

Toute guerre est une défaite de l'esprit HUMAIN.

Donc, pour l'instant, j'étais peinard, Corinne et Diane à Honolulu, mais qui aurait pu penser que je me retrouverais dans ce job dangereux de racket au Mexique ? Combien de temps cela durerait-il ? Est-ce que je pourrais m'en dégager avant qu'il ne soit trop tard ?

Bon, c'est sûr, j'avais perdu mes illusions sur la vie et sur les hommes… sur les femmes aussi, d'ailleurs ! Mais, ça n'empêche que j'aimais toujours la vie.
J'aimais toujours les femmes. Beaucoup moins les hommes.
J'adorais Corinne !

Entre le Jack d'avant et le Bob actuel, une faille s'était créée à coups de bombes au napalm, il restait quelques passerelles, mais pour combien de temps ? Est-ce que je ne me complaisais pas dans cette facilité de raisonnement ?
La faute aux autres ! C'est facile, je me dis que c'était un raisonnement très féminin…

Non ! Il fallait agir, rester le maître de mon destin, et si je me plantais, ne m'en prendre qu'à moi-même…
Il faut se durcir dans la vie – être un homme, un vrai.

La parfaite valeur est de faire sans témoin ce qu'on serait capable de faire devant tout le monde.
De la Rochefoucauld

8h00, Juan, ponctuel, m'attendait.

Une fois la portière refermée, la discussion démarra.

- Buenos dias, Juan.
- Buenos dias, Bob. Avant de t'expliquer le programme, redonne-moi le Browning, que je te donne en échange ton P38.

Je soupesai l'arme, l'observai et conclus que l'état était correct. Je lui dis :

- Merci Juan, il faudra quand même aller la tester, pour s'assurer de son bon fonctionnement.
- No problemo, Bob, c'est ce que j'avais prévu pour cet après-midi, nous ne travaillerons que ce matin.
- OK Juan, alors, comment ça se passe ?
- Eh bien Bob, ça peut se passer mal, hier c'était du gâteau. Dans les deux barrios que nous allons faire, il y a quelques commerçants qui montent le chou aux autres pour ne plus « payer », il va falloir les faire plier.

Nous nous dirigeâmes vers l'Est, toujours dans l'Etat de Mexico, pour se garer à la périphérie du barrio Nezahualcoytel, un des plus grands bidonvilles du monde, installé dans un ancien lac asséché. La misère à en dégueuler ! No comment !

J'étais positionné près de Juan, toujours de son côté gauche. Les trois premiers commerces se passèrent normalement, mais en arrivant au quatrième, pas d'enveloppe tendue à bout de bras. Juan apostropha le gars par un :

- Où est l'argent ? Dépêche-toi ! Pas de temps à perdre.
- On veut plus être racketté, on ne veut plus payer, lui fut-il répondu.

Juan, tel un éclair, dégaina son revolver et l'asséna sur la voûte du crâne du commerçant qui s'effondra, le cuir chevelu arraché. Juan l'attrapa par son blouson, le secouant violemment, et lui balança une méchante claque au visage pour lui faire reprendre connaissance. Le visage du mexicano ruisselait de sang, il avait les yeux écarquillés, hagards, et n'osait plus bouger, attendant la suite.

Juan l'apostropha :

- Tu sais très bien que si ce n'est pas nous qui te rackettons, c'en sera d'autres, et eux, ils seront beaucoup plus gourmands et dangereux. Je reviendrai la semaine prochaine, je sais où tu vis avec ta femme et ta fille, si ça se repasse mal, tu pourras leur dire adieu, hasta la vista !

Le sang attire le sang.
Shakespeare

Après quelques autres « visites de protection » sans histoire, nous nous dirigeâmes vers le barrio de Tepito, plus au Nord, situé dans la Colonia Morales, un des plus anciens quartiers de Mexico, là aussi, c'était un mélange de « favella » au centre et des commerces plus classiques en périphérie.
Il y eut deux problèmes identiques, vite réglés par Juan, un nez cassé et une oreille à moitié arrachée, accompagnés des mêmes menaces.

Comme convenu, j'essayai le P.38 dans un stand de tir, l'arme fonctionnait parfaitement, c'était une réplique correcte de ceux fabriqués lors de la deuxième guerre mondiale, un million furent fabriqués à cette époque.
J'essayai même la fonction « mitraillette », ça permettait, une fois la détente enfoncée, de tirer les huit cartouches du chargeur plus celle déjà engagée dans la chambre du pistolet, sans avoir à appuyer de nouveau sur la détente. Cela pouvait avoir un réel intérêt en cas de tir groupé dans la même zone. Où là, chaque seconde gagnée pouvait faire la différence. Je m'étais retrouvé au Vietnam dans un guet-apens, et cette fonction m'avait sauvé la vie.

Une fois retourné à l'hôtel, je me retrouvai avec un verre de tequila à la main, toujours au bar-lounge, en repassant les événements du matin dans mon esprit schizophrène.
Pour le Bob GI, c'était nickel, pour le Bob gentil garçon, beaucoup moins.

Avant de descendre au bar, j'avais bien discuté avec Corinne qui était heureuse de s'occuper de notre fille Diane, mais elle commençait à s'ennuyer sans moi. Je l'avais rassurée, la faisant rire par quelques réflexions machistes, et lui avais donné de l'espoir en lui expliquant que si tout se déroulait bien, nous pourrions peut-être nous installer au Mexique, all is possible !

Derrière les choses qu'aiment les femmes,
il y a toujours quelqu'un.
Georges Sand

Tout en sirotant ma tequila, j'aperçus *a fine slip of a girl*[22], carrossée comme une Cadillac. Je ne la reconnus pas au début, mais c'était Pilar, l'hôtesse de l'air mexicaine, je ne m'attendais pas à la revoir. Nos regards se croisèrent, je me levai et elle se jeta à mon cou, souriante, avec quatre bises bien sonnantes et baveuses, très proches de mes lèvres, tout en me disant :

- Bob, quel plaisir de te revoir, tu m'avais dit descendre à La Casona, alors me voilà ! Que je suis heureuse, c'est merveilleux !

C'était direct, spontané, sans chichi.
Je lui répondis :

- Moi aussi, Pilar, ça me fait plaisir de te revoir, je suis très content, c'est flatteur qu'une belle fille comme toi s'intéresse à moi.
- Tu sais, Bob, toi aussi tu es un beau mec, j'aime tes yeux bleus, mais surtout tu m'as paru si gentil, si doux, dans l'avion tu es

---

[22] Un beau brin de fille

resté très correct, très respectueux, ce qui n'est pas le cas de ces businessmen grossiers qui se croient tout permis envers les hôtesses pendant le vol.

Je lu offris une tequila et nous discutâmes d'Hawaï, qu'elle ne connaissait que par les allers-retours aéroport-taxi-hôtel. J'avais connu cela par le passé lors de compétitions de tennis, avec ce mode de « tourisme » dans le meilleur des cas, nous n'arrivions qu'à dégager une après-midi et une soirée pour essayer de voir un peu autre chose du pays en question !!!

- Allons manger en Zona Rosa, me dit Pilar, c'est un quartier piéton branché dans le centre de Mexico City, à l'architecture typique d'ici.

Elle continua par :
- J'ai ma voiture près de l'hôtel, allons dans un restaurant que ne connaissent pas les touristes, tout est à vendre dans ce restaurant, les tableaux, les bibelots, absolument tout, ils associent le commerce d'antiquités et la restauration, c'est un concept qu'aiment les mexicains aisés, qu'en penses-tu Bob ?
- C'est parfait, Pilar, tu as une excellente idée, allons-y.

Tout en me laissant conduire, j'observais Pilar du coin de l'œil, elle portait un sweet-shirt moulant qui dessinait le galbe de sa poitrine généreuse, pas

de soutien-gorge, les tétons longs et pointus. Je laissai descendre mon regard et eut une forte et agréable surprise qui électrisa instantanément mon cerveau, sa minijupe très relevée laissant apercevoir les petits lacets de son porte-jarretelle qui s'accrochaient à ses bas, quelle vision !!!
Voir la chair nue entre sa jupe et ses bas… pas de doute, c'était une vraie « coquine » qui devait aimer les hommes et savoir donc les exciter.

Je me dis que j'avais de la chance avec les femmes, j'ai toujours été gâté de ce côté… mais je le leur rendais bien aussi, elles n'étaient pas déçues du voyage.
Les femmes aiment la tendresse venant des hommes, mais bien sûr aiment une certaine violence, virilité, au bon moment…

Le bonheur de l'homme : je veux.
Le bonheur de la femme : il veut.
Frederich Nietzsche

Bien garés, nous déambulâmes dans la Zona Rosa pour rejoindre le restaurant.
Effectivement, l'architecture était très variée, kitch, chaque commerce cherchant à rivaliser en originalité, c'était plaisant.

Une fois assis confortablement, tout en dégustant l'inévitable tequila, j'en appris plus sur la vie de Pilar. Elle avait vingt-deux ans … l'âge idéal que devrait garder une femme toute sa vie, c'est là qu'elle a « la beauté du diable », elle irradie de fraîcheur, de sensualité, sans besoin de cet horrible

maquillage venant avec les années, et ces yeux de biche qui riment avec « triche ».
Non, Pilar était nature, spontanée, pas de calcul, elle aimait sa vie actuelle, en un mot, elle était heureuse et elle m'en faisait profiter.

Pendant l'apéritif, ce fut là aussi l'inévitable, mais délicieux, guacamole de nachos avec des frijoles pimentés. Puis, une enchilada de bœuf, arrosée d'un vin rouge mexicain de la vallée de Juadalupe de la Monte XANIC, dans la Baja California.
Nous ne nous posâmes aucune question indiscrète, il ne fallait pas risquer de gâcher ce qui allait suivre chez elle ou à La Casona, ce serait du pur plaisir animal, ce sont les meilleurs.

Pilar décida de m'emmener voir son appartement qui donnait sur la Plaza de la Revolucion, avec une terrasse et une vue magnifique sur l'immense mausolée pour les héros de la Révolution Mexicaine. Je me laissais bercer par son bon vouloir, elle savait ce qu'elle voulait m'offrir, elle était consciente de sa beauté, de son charme.

Une fois confortablement assis, elle me dit :

- Allez Bob chéri, prenons-nous un shot de mezcal[23] et après, allons dans ma chambre profiter de la plus belle chose de la vie.

Là non plus, pas d'interminables embrassades qui gâchent partiellement la suite, et peuvent expliquer

---

[23] Alcool fort à base d'agave

quelques pannes masculines, le cerveau est trompé et finit par « s'endormir » pour ne plus se réveiller. Le motto[24] français ne s'y trompait pas : « Qui trop embrasse mal étreint. »
Et pour pallier cela, les rares expertes de l'amour n'hésitent pas à user de cette métaphore « il faut toujours aller à la *racine du mal* ».

Sitôt le mezcal avalé, Pilar bondit, juchée sur ses escarpins aux talons aiguille de quinze centimètres de haut dont les mexicaines raffolent, il est vrai que pour le galbe des mollets hauts, des fesses et de la cambrure des reins, il n'y a pas mieux.
Pilar, tout en fonçant vers la chambre, me dit :

- Bob, le premier à poil a gagné !

Ce devait être de l'humour mexicain, mais je n'allais pas me plaindre, perdu pour perdu d'avance, mon excitation n'en était que renforcée. J'allais de surprise en surprise avec cette sacrée coquine de Pilar, ça me changeait de toutes ces femmes dont on sait à l'avance leur vision du déroulement des ébats amoureux…

Je pénétrai dans la chambre aux lumières tamisées, le membre au garde à vous, j'aperçus Pilar. Le lit était recouvert d'une couverture en guanaco, sorte de lama, au toucher soyeux incomparable, et Pilar s'y tenait au centre, à quatre pattes, les reins creusés. Elle avait gardé ses bas et porte-jarretelles et ses escarpins aux semelles rouges…

---

[24] Motto = proverbe. Prononcer « mâto »

L'amour est un égoïsme à deux.
Germaine de Staël (fille de Necker, ministre sous Louis XVI)

On est homme ou on ne l'est pas.
J'assumai virilement mon rôle, et une fois repus, tous les deux, ayant revisité une partie du kamasoutra, nous laissâmes passer le marchand de sable qui nous surprit bien enchevêtrés.

Heureuse la femme qui entend le bruit d'un rasoir électrique dans sa salle de bains, mais là, il n'y en avait pas et il fallait que je me dépêche de repasser par La Casona, car Juan m'attendrait dès huit heures, comme d'hab.
Je me rhabillai en faisant le moins de bruit possible et déposai un baiser sur la fesse charnue de Pilar qui poussa un petit gémissement.

- Ça va Bob ? Tu as l'air fatigué ce matin, me demanda Juan.
- Oui, je n'ai pas dormi beaucoup.
- Je vois que tu te fais vite à la vie mexicaine, tant mieux, mais sois prudent, il y a beaucoup d'arnaques dans ce pays, plus d'un touriste s'est fait égorger juste pour son portefeuille.
- Merci du conseil, mais là, j'étais avec une mexicaine, hôtesse de l'air.
- Bon, tant mieux pour toi, mais sois prudent ! N'en tombe pas amoureux, rappelle-toi que tu as une femme à Honolulu… mais c'est pas mes oignons… rajouta-t-il en haussant les épaules.
- Ok. Je gère. Merci.

Une fois les civilités terminées, Juan attaqua le vif du sujet :

- Bob, nous passerons la journée à Puebla, nous y passerons même la nuit et une partie de la journée de demain, il y a du boulot là-bas.
- C'est dangereux ?
- Non, pas vraiment, car nous ne nous occupons à Puebla que des restaurants à touristes, qui donc gagnent très bien leur vie, mais ça n'empêche qu'il y a

régulièrement un restaurateur qui se rebelle, tout dépend si le gars fait ça pour nous tester ou pas, nous ne pouvons laisser passer cette résistance sans la réprimer durement, sinon ça ferait tâche d'huile. Tu connais le proverbe : a stich in time saves nine.

Je répondis doctement :

- Oui, une sorte de « *Il vaut mieux prévenir que guérir* ».

La ville de Puebla est typique de ces villes mexicaines, décor de carte postale, des rues pavées, hacienda sur hacienda, des places adorables avec des fontaines. Le soir venu, les touristes attablés en terrasse sont assaillis par des mariachis qui y vont de leur « Besame mucho » et autres. Mais, c'est plaisant, tout le monde rigole et picole, c'est génial, dépaysement et souvenirs assurés !!!

La journée d'un mexicain est réglée par trois phases :
Buenos dias le matin, puis à partir de treize heures, buenas tardes, il est de bon ton de regarder sa montre à ce moment-là, puis buenas noches…
Quand nous commençâmes par le Zocalo dans le Centro Historico, il était déjà temps de se dire Buenas tardes.

- Vamos, Bob ! me dit Juan.

Les enveloppes s'entassaient dans la grande poche intérieure de mon blouson, la fin d'après-midi approchait, les terrasses étaient vides, quand Juan me saisit le bras droit de sa main velue, tout en m'alertant :

- Bob, je ne veux pas t'inquiéter à l'avance, mais le restaurateur qu'on va voir, j'ai déjà eu maille à partir avec lui.
- Il y a combien de temps, lui demandais-je.
- Six mois, me dit Juan, c'est un hijo de puta, un cabron.[25]
- Ok, Juan, je serai encore plus attentif.

Une fois rentré à l'intérieur du restaurant, Juan s'avança cette fois très lentement, son regard balayait de gauche à droite toute la salle, tout en continuant d'avancer jusqu'aux cuisines où un mexicain nous tournait le dos.
Juan s'adressa à lui :

- Hola ? Que tal, Ramirez ?[26]

Au moment où Ramirez commençait à se retourner, Juan me cria :

- « Duck down ! »

Tout en dégainant le gun de sa poche, il plongea par terre, appuya deux fois de suite sur la détente de son revolver en direction de Ramirez, qui lui, avait eu le temps de ne tirer qu'une fois.

Je m'étais immédiatement baissé, me saisissant de mon P38, tout en ressentant une brûlure au bras gauche.
Juan, vif comme l'éclair, s'approcha pour constater les dégâts.

---

[25] Un salaud

[26] Bonjour, ça va ?

C'en était fait de Ramirez, il était mort instantanément, une des deux balles expansives lui avait arraché la moitié supérieure de la boîte crânienne, et l'autre lui avait explosé le poumon gauche.
Le spectacle n'était pas beau à voir.
Juan se saisit du poignet droit de Ramirez et constata qu'il tenait un petit automatique de calibre 22, certes peu dangereux, mais pouvant quand même faire des dommages importants si la balle se logeait dans une partie vitale du corps humain.
Juan laissa retomber le bras du cadavre et se précipita sur moi, pour s'assurer que je n'avais pas été touché - en vrai professionnel, il était prêt à agir vite, si nécessaire.
Il me cria :

- Ça va Bob ?
- Oui, ça va, mais j'ai une douleur au bras gauche.

Il dégagea rapidement mon bras de la manche de mon blouson pour chercher à voir la blessure. La balle, comme c'est souvent le cas pour des 22 long rifle, avait transpercé de part en part le biceps et était ressortie de l'autre côté. Si elle avait rencontré un os, elle aurait seulement dévié de sa trajectoire, c'est le point faible des armes de petit calibre aux balles arrondies.

- Ok, Bob, rien de grave, dépêchons nous d'aller à la voiture, je te mettrai un garrot, ne traînons pas dans le coin, même s'il n'y a rien à craindre côté police, elle est avec nous.

Une fois assis dans le 4x4 aux vitres teintées, Juan me serra un lien en haut du biceps et me dit :

- Tu vois, Bob, c'est pour ça qu'il faut faire gaffe.
- Merci Juan, lui dis-je.
- T'inquiète, dans moins de dix minutes, tu vas te faire soigner par un medico de l'organisation de Rodriguez Diaz.

Si j'avais été blessé, c'était de ma faute, je m'étais seulement baissé, j'aurais dû plonger tout en dégainant, comme l'avait fait Juan. Les réflexes que j'avais acquis au Vietnam étaient en train de s'émousser. Il allait falloir que je me ressaisisse. Sinon, ça finirait mal.
C'était une bonne leçon, et moi, je n'ai jamais aimé les leçons…

Pendant mes études, que j'ai haïes, on m'a trompé, ça m'a usé. J'étais à la remorque d'imbéciles précédant d'autres imbéciles.
L'herbe rouge – Boris Vian

Le médecin avait une tête de bandido du même tonneau que les marchands des favellas que nous avions « visités » la veille, j'eus un doute sur son savoir-faire.
Mais je m'aperçus qu'il avait l'habitude de ce genre de blessure, il travaillait vite et bien.

Juan me dit :

- Bob, changement de programme, nous repartons vers Mexico D.F., il faut te remettre tranquillement, donc tu as quartier libre jusqu'à lundi matin huit heures.

- Merci Juan.
- C'est normal, seule obligation pour toi, remettre les enveloppes à Pablo vendredi soir, il t'appellera à La Casona.

Juan me déposa devant l'hôtel et me dit :

- Ha ! Oui, Bob, j'oubliais, tu as sur ce papier le nom d'un autre « medico », il t'appellera, il faut qu'il refasse ton pansement deux fois d'ici lundi. N'oublie pas quand tu prends ta douche, ne mouille pas ta blessure. Ok ! Adios amigo !
- Ok, Juan, merci encore, adios !

Une fois bien installé dans un des fauteuils de ma chambre, je me mis à cogiter sur ce qui venait de se passer.
J'étais quand même sous le choc, j'avais perdu un peu de sang, mais tout bien considéré, c'était peanuts. Moi, je n'aime pas la vue du sang, et moins encore son odeur, ça me fait chavirer le cœur. Malgré le Vietnam et toutes les horreurs vécues, je n'ai jamais réussi à me blinder contre cela. Et dieu sait que j'en ai vu, je ne vais pas commencer à décrire cela, c'est trop horrible, c'est du Grand-Guignol, ceux qui décident des guerres devraient être envoyés en priorité sur le front, pour qu'ils réalisent ce que c'est…
Je suis volontaire pour leur organiser des stages, même gratuits, mais c'est bizarre, ce jour-là, il n'y aura plus de guerre, strange !

Quand les riches se font la guerre,
ce sont les pauvres qui meurent.
Jean-Paul Sartre

Le medico de Puebla m'avait filé deux boîtes d'antibiotiques.
Il est dit qu'il ne faut pas boire d'alcool, mais j'en avais fichtrement besoin, je m'enfilai en deux lampées une petite flasque de bourbon prise dans le mini réfrigérateur et rentrai dans le king size bed sans même regarder l'heure qu'il était... dodo !

Je fus réveillé par la sonnerie du téléphone le lendemain matin, c'était le nouveau medico qui me demandait quand passer, rendez-vous fut pris. A peine raccroché, ça rappelait. C'était Pablo.

- Allo, Bob ? me dit-il.
- Oui, c'est Bob à l'appareil.
- Ça va Bob ?
- Oui, ça va Pablo.
- Juan m'a expliqué pour hier à Puebla.
- Oui, les choses auraient pu mal tourner, mais j'ai eu de la chance.
- Tant mieux, Bob, je ne veux pas t'embêter, je sais que tu as besoin de te reposer.
- C'est gentil, Pablo, mais pour l'instant tout est ok, et je m'apprêtais à aller prendre un petit déjeuner.
- Perfecto, repose-toi, visite un peu la ville, retrouvons-nous demain soir pour ce que tu sais, d'accord ?
- Oui, j'ai compris. Où nous retrouvons-nous ? Et à quelle heure ?

- Eh bien, Bob, à vingt heures au restaurant du Gran Hotel Ciudad de Mexico, c'est au 16 de Septiembre 82, près du Zocalo, Plaza de la Constitucion.
- Peux-tu répéter que je note l'adresse ?
- Retiens seulement Gran Hotel Ciudad, tous les taxis connaissent.
- Ok, c'est noté Pablo, à demain.
- A demain, Bob.

Et bien sûr le téléphone sonna une troisième fois. Jamais deux sans trois… j'eus un flash d'une très belle voiture française observée dans un meeting de vieilles voitures, une Peugeot Berline découvrable 203, d'une couleur beige velouté magnifique.

- Allo Bob, tu reconnais ma voix ?
- Mais oui, Pilar, c'est super gentil de m'appeler.
- Bob, je ne travaille pas aujourd'hui, si tu es libre, passons la journée et la soirée ensemble. Je suis si excitée rien qu'à l'idée de te revoir…
- Pilar, tu as de la chance, je suis au chômage pour quelques jours, suite à un accident du travail ! Passe me chercher à La Casona à l'heure que tu veux.
- Perfecto Bob, je passe à onze heures, nous irons déjeuner dans un endroit ravissant.
- Very well, Pilar !

Et je raccrochai.

Du coup, une fois rasé, douché en m'appliquant à éviter ma blessure, je pris un simple café allongé très sucré, pour ne pas me couper l'appétit.
Tout en sirotant mon café, je songeais à Pilar, c'était une bimbo par le physique, certes, mais pas par l'esprit. Elle était vive, enjouée, elle faisait partie de ces rares femmes qui associent le physique et l'intelligence, ce n'était pas pour me déplaire.

Aimer, aimer, tout le reste n'est rien.
Jean de la Fontaine

Le soleil était de la fête.

Pilar me conduisit plein sud de Mexico, jusqu'à Xochimilco, quartier bien connu des mexicains pour ses canaux embouteillés de grandes barques, les trajineras multicolores, enturbannées de banderoles et de poupées de toutes les couleurs et tailles.
Les mexicains raffolent de Xochimilco, c'est festif, anniversaires, mariages, tout est bon pour se retrouver sur les canaux entourés de verdure.

Pilar resplendissait, vêtue d'un minuscule tee-shirt moulant sa poitrine, et d'une mini-jupe élastique tube, toujours juchée sur ses escarpins aux semelles rouges dont raffolent les mexicaines aisées.
Tout en nous baladant sur une barque, nous mangeâmes en écoutant les musiciens en costumes de mariachis, dont les embarcations frôlaient celles des visiteurs.
L'après-midi passa trop vite, comme tous les moments de la vie où on redevient des enfants.

Quand vient le jour d'aller en classe, c'en est fait de l'enfant.
Il sent qu'on lui passe autour du cou un licol.
Henry Miller

J'avais passé la journée en bermuda et chemisette à manches courtes, et, inévitablement, Pilar m'avait demandé pourquoi ce bandage sur le bras. Impossible de lui dire la vérité, j'inventai donc un gros mensonge, mais plausible, style « Hier soir, en rentrant à pied vers l'hôtel La Casona, un voyou a essayé de me voler mon portefeuille, il était armé d'un couteau, je ne me suis pas laissé faire, et voilà le résultat ! ».

- Pilar, lui dis-je, il faut que je repasse à l'hôtel, le médecin devrait y être pour me refaire le pansement.
- Bien, Bob, allons-y tout de suite.

Effectivement, à peine étions-nous arrivés à La Casona que le réceptionniste m'indiqua un homme assis dans un fauteuil, avec une mallette sur les genoux.
Je m'inclinai légèrement devant l'homme et lui dis :

- Buenas tardes, êtes-vous le doctor Luis Gomez ?
- Oui, c'est moi, vous êtes Bob ? Enchanté !
- Voulez-vous que nous allions dans ma chambre ?
- Oui, c'est le mieux, j'ai tout ce qu'il faut dans ma mallette.

Je dis à Pilar de m'attendre au bar, cela ne devrait pas être trop long.
Luis Gomez présentait bien, il n'avait pas du tout le physique inquiétant du medico de Puebla.

Après m'avoir administré ses soins, il conclut d'un ton sentencieux :

- Bob, vous avez eu beaucoup de chance, car une blessure par balle, ça reste toujours une blessure par balle.

C'était une lapalissade doublée d'un truisme.

- Merci de me rassurer !
- Heureusement que ce n'était que du calibre 22, d'ailleurs, avec ce type de blessure mes soins et le traitement antibiotique, ça suffira, pas la peine de se revoir.

Je retrouvai Pilar au bar, elle faisait partie de ces filles qui attirent les mâles comme l'aimant la limaille de fer. Ce n'était pas une beauté froide, hautaine, tout le contraire, toujours souriante, elle rassurait, donc cible idéale pour être abordée, galamment bien sûr.
Pilar m'aperçut et me dit :

- Bob, je te présente Emilio, un vieux copain qui travaille comme stewart sur Aeromexico.
- Buenas tardes, Emilio, lui dis-je, en lui serrant la main.
- Buenas tardes, Bob, me répondit-il, puis il me tapa trois fois le dessus de l'épaule avec sa main.

Je me dis en moi-même, tiens, c'est un rite franc maçon que beaucoup de mexicains font manifestement sans le savoir.

- Bob, enchaîna Pilar, ça ne t'embête pas que nous passions la soirée avec Emilio ?

Je lui répondis que non, par le classique « the more, the merrier. »[27]
J'aurais peut-être dû dire « Oui, ça m'embête, Pilar. »
Trop tard, ce maudit « esprit de l'escalier »[28] des français était bien réel, une fois de plus !

Nous passâmes cependant une soirée délicieuse, la température était fraîche à souhait, Pilar nous emmena sur la triste et célèbre Place des Trois Cultures.
Célèbre par son architecture, haut lieu du passé resplendissant mexicain, remontant aux origines de la ville de Mexico, bâtie sur des marais et longtemps certainement le plus grand marché au monde, qui avait ébloui Hernan Cortes, avant qu'il ne se décide à exterminer ce peuple aztèque, travailleur et courageux.
Triste, car plus récemment, en 1968, l'Etat Mexicain réprimait leur « Mai 68 » avec pas moins de trois cents morts parmi les étudiants, no comment…

L'instruction est une chose admirable, mais il est bon de se redire de temps à autre que rien de ce qui vaut la peine d'être su ne peut être enseigné.
Le Critique en tant qu'artiste – Oscar Wilde

[27] Plus on est de fous, plus on rit
[28] En français dans le texte (staircase wit)

Anyway, nous nous régalâmes de tacos pimentés accompagnés d'un vin rouge de la Napa Valley, imbuvable comme tous ces vins californiens, mais cela n'avait aucune importance, comme ils disent ici, « Me importa un pimento. »
Pour moi, l'important, c'était d'éloigner le plus loin possible le Bob GI au cerveau carbonisé, je ne voulais pas devenir un clochard alcoolique, un drogué de plus, résultat de cette satanée guerre.
J'avais besoin de contacts sociaux.
Pilar savait ce qu'elle voulait, nous nous retrouvâmes dans son appartement tous les trois, enfoncés dans un immense canapé, un verre de mojito à la main, Pilar au milieu, Emilio à sa gauche et moi à sa droite. Nous discutions et rigolions en vidant verre de mojito sur verre de mojito, il n'y a pas plus traître que cette boisson, pour être relax il n'y a pas mieux.
Qui commença, je ne m'en souviens plus, mais des mains se baladèrent sur les cuisses de Pilar, puis son tee-shirt fut totalement relevé, dévoilant sa superbe poitrine, aux tétons longs et pointus. Les mains de Pilar n'étaient pas inactives, manifestement elle aimait être entourée et caressée par deux hommes à la fois. C'était une connaisseuse, c'est le rêve de toute femme épanouie…
La nuit fut orgasmique…

Est-ce un flingue dans votre poche
ou êtes-vous heureux de me voir ?
Mae West

Le lendemain matin, reprenant mes esprits, revenu dans ma chambre de La Casona, j'en arrivai à la conclusion que c'était doublement bon ce qui s'était passé avec Pilar, le plaisir pris bien sûr, mais aussi cela clarifiait la situation entre elle et moi. Je n'aurais pas voulu risquer de passer pour un salaud, n'ayant jamais oublié que Corinne et Diane m'attendaient.

Mais, bon, un homme restera toujours un homme…

Vendredi soir.

Un taxi, inévitable Coccinelle Volkswagen vert pomme, me déposa devant le Gran Hotel Ciudad, joyau d'architecture coloniale et moderne, avec un hall majestueux disposant d'une verrière de Louis Tiffany.

Pablo m'attendait, attablé à la terrasse du restaurant qui disposait d'une vue magistrale sur la plaza toujours très animée.

- Buenas noches, Bob, me dit-il.
- Buenas noches Pablo.
- Je vois que tu t'es bien remis de l'incident de Puebla.
- Oui, tout va bien, ça aura été une bonne expérience pour la suite. J'en sors grandi.
- Ce genre d'incident est inévitable, mais ce n'est rien par rapport à ceux qui peuvent survenir dans les affaires de drogue, prostitution ou rapt, c'est pourquoi el señor Rodriguez Diaz ne s'occupe que de ce style de racket.

J'en profitai pour faire glisser la mallette contenant les enveloppes vers Pablo qui s'en saisit et la déposa à ses pieds. Je n'avais aucunement eu la curiosité d'en voir le contenu, Juan les entourait en

fin de journée d'une sorte de gros scotch noir, après avoir rapidement jeté un œil dedans et écrit un numéro dessus.
J'étais une sorte de fusible, de maillon supplémentaire pour sécuriser tout cela. Pablo m'expliqua effectivement qu'il était presque impossible de faire confiance aux mexicains dans le temps. Il y avait toujours la trahison au bout…

Le rythme était pris, une forme de routine s'installa.
Depuis que j'avais repris la vie civile, j'agissais plus à l'instinct et dans l'instant présent, ayant constaté, après avoir vu des copains mourir, que nous ne sommes que de passage dans cette chienne de vie.

Rien derrière et tout devant, comme sur la route.
Jack Kerouac – 1957

Le reste des trois semaines passa vite et je me retrouvai confortablement assis, toujours en business class, dans l'avion du retour.

Je fus accueilli par Corinne, elle avait engagé une day-care sitter.
C'était bon de la serrer dans mes bras, après trois semaines, éloignés l'un de l'autre.

En se dirigeant vers le parking, Corinne me dit :
- Bob adoré, ça a été très long, la dernière semaine n'en finissait plus.

- Je sais, Corinne, la troisième semaine était de trop. Il va falloir que j'en discute avec Rodriguez Diaz.
- Allons-nous baigner Bob ! enchaîna-t-elle, ravie.

Une fois rentré au faré, je pris ma fille dans mes bras et mes yeux s'embuèrent.
Quel régal de retrouver Corinne et Diane, c'étaient mes deux piliers, dont j'avais tant besoin.
L'argent n'était plus un problème, mais il allait falloir régler ce problème de déplacements.

Je téléphonai à Rodriguez-Diaz, et nous prîmes rendez-vous chez lui, pour le surlendemain.

Je carillonnai à la porte d'entrée de Rodriguez Diaz, mais personne ne vint.

Le scénario de ma première venue ici se répétait, je refis le tour de la maison, et, inévitablement, retombai sur Pamela Diaz, même tenue, même position, c'était à croire qu'elle n'avait pas bougé depuis ma dernière visite, mais cette fois, elle se leva, enfila un peignoir si transparent qu'il ne cachait rien de son anatomie, puis se dirigea vers moi pour me serrer la main :

- Enchantée, Bob, de vous revoir, ça s'est bien passé à Mexico ?
- Oui madame Pamela Diaz, ça s'est bien passé.
- Tant mieux, allons à l'intérieur, mon mari m'a appelée pour me transmettre le message qu'il serait en retard d'une petite heure. Mettez-vous à l'aise Bob, que voulez-vous boire ?
- Ho, un simple bourbon sec, merci.
- Ce sera deux bourbons alors.

Puis, elle s'assit juste en face de moi et croisa les jambes très haut, portant elle aussi des escarpins noirs à semelles rouges.
Son peignoir transparent laissait voir sa généreuse poitrine, elle était très maquillée, avec un rouge à

lèvres brillant, les lèvres légèrement entrouvertes et un sourire narquois.

- Bob, portons un toast au Mexique !
- Avec plaisir, lui dis-je.

Puis elle décroisa ses jambes, me faisant apercevoir son minuscule string, rouge lui aussi. Ce faisant, elle se pencha vers moi, plaqua sa main droite sur ma joue, et me déposa un baiser sur les lèvres, puis se leva prestement, tout en se dirigeant vers la piscine.
Elle me lança :

- Bob, prenez votre verre, retournons dehors, mon mari ne devrait pas tarder.

J'étais « astonished », que je lui plaisais c'était évident, mais là, c'était une nana redoutable. Il allait falloir s'en méfier, je me rappelais les propos de Rodriguez Diaz, me prévenant sur les agissements de sa femme avec les hommes.
Bien sûr, me dis-je pour me calmer, ça doit être très bon de sauter cette poule, mais fais gaffe quand même !

A propos de chaque désir, il faut se poser la question : quel avantage en résultera-t-il si je ne le satisfais pas ?
Epicure

Rodriguez Diaz revenu, il s'enquit de ma blessure, et jugea que finalement c'était un avertissement sans frais et, conclusion à laquelle j'étais déjà arrivé par moi-même, que c'était une bonne leçon.

Il était satisfait de mon travail, j'avais passé le test avec succès, et enchaîna d'un ton qui laissait entendre qu'il ne posait la question que pour la forme :

- Monsieur Lutz, êtes-vous prêt à repartir à Mexico
- Monsieur Diaz, je suis prêt à repartir, mais plus trois semaines, c'est trop long.
- Je vous comprends Monsieur Lutz, mais c'est totalement impossible à changer, le rythme des encaissements est basé sur trois semaines, c'est à prendre ou à laisser.

Je quittai Rodriguez Diaz en lui disant que j'allais en discuter avec ma femme.
Tout en remontant dans ma voiture, je levai les yeux vers les fenêtres de la maison, et aperçus madame Pamela Diaz me montrant ses seins, tout en me faisant un signe d'au revoir de la main.
J'étais bien barré, je n'avais pas forcément besoin d'une nymphomane dans ma vie actuelle, mais au fond de moi-même, le chasseur tenait un tout autre discours…
`

C'était l'heure de l'apéritif, sous les tropiques, moment délicieux où le soleil couchant apaise les esprits, mais réveille l'appétit des « no see », moustiques très petits, à peine visibles, mais redoutables, parce qu'ils piquent à peine posés, à l'inverse de leurs cousins « géants » qui eux prennent leur temps pour vous sucer le sang.

- Corinne, j'ai donc discuté avec Rodriguez Diaz et ce sont des missions de trois semaines ou rien du tout.

- Bob, ce serait dommage de laisser tomber ce boulot…
- Oui, mais que faire ? Car, séparés autant de temps, notre couple n'y survivrait pas…
- J'ai une idée !
- Je t'écoute, à quoi penses-tu ?
- Si cela est possible, installons-nous à Mexico !
- C'est peut-être la solution, tu as raison Corinne.
- Mais oui, Bob, les femmes ont toujours raison !
- Finissons notre apéritif, puis j'appelle Rodriguez Diaz voir ce qu'il en pense.

La nuit tombe vite sous les tropiques, il y avait beaucoup d'arbres exotiques avec des lianes enchevêtrées autour du faré et les insectes et autres animaux faisaient un raffut du diable, à se courir après comme dans le monde des humains.

Une fois composé le numéro de Rodriguez Diaz, j'attendis que quelqu'un décroche.

- Allo, Pamela Diaz, j'écoute !
- Bonsoir Madame Diaz, ici Bob Lutz, j'aimerais parler à votre mari s'il est disponible ?
- Mais bien sûr, Bob, ne quittez pas, je vais le chercher… Vous avez une voix très agréable au téléphone, Bob.

Puis j'entendis une sorte de gloussement.

Quelques minutes après, c'était la voix de Rodriguez Diaz.

- Bonsoir Monsieur Lutz, je suppose que vous avez réfléchi ?
- Tout à fait, Monsieur Diaz, j'avais une question à vous poser.
- Je vous écoute.
- Eh bien voilà, si cela est possible, nous pourrions, ma femme, ma fille et moi nous installer à Mexico, ce qui réglerait les trois semaines d'absence, qu'en pensez-vous ?
- Très bonne résolution, monsieur Lutz, je vois que vous êtes un homme d'action, vous ne me décevez pas !
- Comment voulez-vous que nous procédions, puisque ce problème est réglé ?
- Ne vous tracassez pas monsieur Lutz, j'appelle demain matin mon avocat, il fera le nécessaire pour que vous ayez très rapidement tous les papiers pour être opérationnel dès lundi prochain, je m'occuperai moi-même des billets d'avion pour vous trois. Passez prendre tout cela vendredi après-midi. Attendez-vous à avoir un vol samedi dans la journée. Je m'absente demain pour une semaine, côté San Francisco, merci encore à vous monsieur Lutz.

Et il raccrocha, sans même me laisser le temps de le remercier.

Décidément, ma vie avait complètement changé depuis le Vietnam. Et là, ça repartait de plus belle vers le Mexique, l'avenir semblait ensoleillé.

Celui qui parle de l'avenir est un coquin, c'est l'actuel qui compte. Invoquer la postérité, c'est faire un discours aux asticots.
Louis-Ferdinand Céline

Je retrouvai Corinne au salon et vis à son regard voilé qu'elle avait versé quelques larmes, les femmes ont besoin de plus de stabilité que les hommes dans leur vie. Je la serrai fort dans mes bras, la soulevai et, en me dandinant, l'amenai sur un grand divan dans la varangue.

Tout en lui retirant son tee shirt et en faisant tomber son string par terre, je lui annonçai :

- Corinne, my love, nous partons tous les trois, samedi, pour Mexico D.F.

Je ne vous raconterai pas la suite, mais dans ces moments-là, la communion entre deux êtres, la poésie céleste qui se dégage de cet accouplement, devient cosmique, éternelle.

Quelle tragique chimère :
Sans relâche,
C'est le même mort qu'on enterre !
...
Ecoute !
La vie s'égoutte,
Goutte à goutte.
...

A l'orée du bois doré,

...

Dans le blé,

Dansent colchique et chicorée.

Robert Cheymol – Tourbillons Malévoles

Trois jours pour se préparer à quitter Honolulu, c'était suffisant, surtout si c'était peut-être pour ne plus y revenir. Nous étions arrivés avec deux valises chacun, nous repartions avec deux valises chacun, et une de plus pour Diane.

Le bonheur peut-il tenir dans cinq valises ?

Vendredi après-midi.

A mon avis, c'est ça qui déglingue les hommes, de ne pas changer de vie assez souvent.
Charles Bukowski

Tout en roulant vers le domicile de Rodriguez Diaz, je pris conscience que ce ne pouvait être que Pamela Diaz qui me remettrait l'enveloppe contenant les papiers et les billets d'avion. Cette perspective avait certes un côté plaisant, mais cela pouvait aussi cacher un piège de sa part, si les propos de Rodriguez Diaz sur sa femme s'avéraient exacts…
Voire un piège des deux ? Why not ?

Je ne m'inquiétais pas, ce n'était tout compte fait, quoi qu'il se passe, qu'un épiphénomène de ma vie mouvementée actuelle.

Après avoir - une fois de plus - fait fonctionner le carillon, personne ne vint m'ouvrir - comme d'habitude…
Je m'apprêtais à faire le tour de la maison, quand la porte s'ouvrit, et quelle ne fut ma surprise d'apercevoir un léopard…

C'était Pamela Diaz, habillée entièrement d'une tenue tachetée, très moulante, vision on ne peut plus sensuelle.

- Ha, Bob, me dit-elle, quel plaisir de vous voir, ça fait deux jours que je suis toute seule, je commençais à m'ennuyer.
- Bonjour Madame Diaz !
- Mais entrez, Bob, ne restez pas sur le palier, suivez-moi.

Et tout en la suivant, mes yeux contemplaient le chaloupement de ses fesses rebondies, qui s'accordait parfaitement avec un air de rumba venant du salon, l'avait-elle fait exprès ?!

- Asseyez-vous, Bob, que voulez-vous boire ?
- Je prendrai, si c'est possible, une pina colada.
- Ha, Bob, ça me rappelle tellement de souvenirs, la pina colada, je ne prenais que ça à une période de ma vie, allons-y pour deux pinas coladas !

Après avoir discuté de la vie à Hawaï, elle mit les pieds dans le plat d'un coup.

- Bob, je voudrais que les choses soient claires entre nous, vous connaissez mon mari, je ne suis plus attirée vers lui physiquement maintenant, ce qui n'était pas le cas il y a longtemps, il avait un charme, une virilité violente, que dégagent certains voyous et qui ne laissent pas indifférentes beaucoup de femmes, mais c'est envolé tout cela.

- Je vous comprends, madame Diaz.
- Bob, arrêtez de m'appeler madame Diaz, Pamela c'est mieux.
- Pas de problème, Pamela.
- J'aime toujours mon mari, mais c'est différent quand vous n'avez plus de relations sexuelles. J'ai dû m'adapter, je suis encore jeune, et vous savez, Bob, nous les mexicaines, nous avons le sang chaud. Je sais que mon mari dit sur moi des méchancetés, ce sont des menteries, je suis tout autre…

  Bob, vous êtes un beau mec, vous plaisez aux femmes, vous me plaisez aussi, mais détrompez-vous, je ne suis pas une coureuse, ce qui s'est passé la dernière fois ne se reproduira plus, j'ai eu un coup de chaud, un peu comme un homme, mais nous les femmes, nous ne fonctionnons pas comme ça, nous sommes plus cérébrales, nous ne pouvons pas séparer l'âme du corps.

Je lui répondis qu'elle n'avait pas à se justifier, et que moi-même je la trouvais belle et désirable, mais sachant que je partais le lendemain pour Mexico, j'avais la tête ailleurs. Je ne lui dis pas que je me méfiais qu'il soit possible qu'il y ait des caméras, je n'avais pas envie que mes ébats avec elle risquent d'être filmés…

La femme est souvent le point faible du mari.
James Joyce

Je n'étais pas mécontent de la tournure des événements, quand le cœur n'est pas de la fête, c'est mieux d'y renoncer. Si elle m'avait fait du rentre dedans, j'aurais été très embêté, car la nature de l'homme le pousse à toujours plus de nouvelles conquêtes, comme un Don Juan cherchant la femme idéale, la femme de ses rêves, qu'il ne trouve jamais… parce qu'elle n'existe pas.
Mais, imaginons qu'il la rencontre, ne se retrouverait-il pas comme dans le « paradoxe de l'âne de Buridan », qui s'était retrouvé à égale distance de deux bottes de foin semblables, et qui ne sachant pas laquelle choisir, devrait en théorie mourir de faim ?!

Nous finîmes nos pina coladas.
Pamela que sa curiosité féminine n'avait pu être réfrénée, avait étalé sur la table basse tout le contenu de l'enveloppe.
Elle avoua :

- Bob, j'ai vu la photo de votre femme sur le visa, vous avez beaucoup de chance, elle est jeune et belle, j'en suis un peu jalouse.
- Merci du compliment, me contentai-je de lui répondre.

Je ramassai et refourrai dans l'enveloppe tout ce qu'elle avait sorti, constatai qu'il y avait même deux licencias para conducir, l'avocat de Rodriguez Diaz faisait bien les choses.

- Pamela, je dois y aller, j'ai tout un tas de choses à régler avant demain, merci pour votre accueil, j'apprécie sincèrement ce que vous m'avez dit, je révise mon jugement, vous êtes une chic fille.

Elle se leva prestement, et se dirigea vers la porte, cette fois sur un air de cha cha cha, qui une fois de plus s'accordait merveilleusement à son déhanchement, digne d'une tahitienne. Elle m'ouvrit la porte, je lui tendis la main, mais elle me refit le coup de la main droite posée sur ma joue, et cette fois, me roula un patin digne d'un film de romance hollywoodien, puis se recula triomphante, et tout en me claquant la porte au nez, s'écria :

- Casse-toi, p'tit mec, tu t'en tires à bon compte pour cette fois.

Sympa, mais moi, je m'en « poisson »,[29] pour l'instant j'avais comme objectif ma nouvelle vie au Mexique.

---

[29] En français dans le texte – Fish : jeu de mot de l'auteur

J'aperçus au loin derrière le hublot de l'avion, le majestueux cratère de Diamond Head, good bye Hawaï, buenos dias Meïco !

C'était Corinne qui avait émis la possibilité de s'installer et vivre à Mexico, quel plaisir d'avoir enfin une femme qui se « mouille » !
Ça changeait des autres femmes qui, par exemple, quand vous visitez un appartement à acheter, annoncent royalement « Ha ! Pour le prix, voyez ça avec mon mari ! », ça m'avait toujours fait rigoler…

Une fois installés à l'hôtel La Casona, nous décidâmes que Corinne se chargerait de faire des pré-visites de baraques et que nous revisiterions en fin d'après-midi celles qui lui avaient plu.

Le choix ne manquait pas, elles étaient toutes à 2000 dollars le mois, grandes ou petites, ça devait être une sorte de prix basique pour les étrangers, principalement les américains.
Trop de choix tue le choix, Corinne ne savait plus où donner de la tête, quel quartier, quel type de maison… presque toutes les maisons étaient à louer, c'étaient d'excellents placements pour les riches mexicains.

Elle m'en fit visiter dans le secteur des ambassades et des lycées internationaux, mais c'était à l'opposé du célèbre Tenis Club Francia, situé dans la Colonia Florida, vers Insurgentes Sur, dans le quart sud-ouest de la capitale.

J'invitai Corinne à poursuivre ses recherches vers le sud de la Condesa, somme toute pas très loin de l'hôtel La Casona. Cela permettrait de taper quelques balles sans avoir à traverser toute la ville.

Après plusieurs fins d'après-midi de recherches, nous ne sélectionnâmes que trois maisons.
L'une était une hacienda avec jardin intérieur, jet d'eau, bassin à nénuphars, magnifique, entièrement meublée de l'époque coloniale, avec une architecture typiquement mexicaine, seul hic, la muchacha[30] faisait partie des murs, il n'y aurait eu aucun problème à s'en séparer, mais ne voulant pas avoir quelqu'un qui habite sur place et n'ayant pas le cœur de la jeter à la rue, nous abandonnâmes cette option.
La deuxième, c'était, pour faire court, un jardin de 1500m2 avec piscine, spa, salle de gymnastique, une enfilade de salons, chambres, tout cela en rez-de-chaussée, il y avait un couloir où prendre une bicyclette aurait été pas mal pour en aller d'un bout à l'autre, je ne m'imaginais pas la nuit dans ce couloir avec une panne d'électricité… l'angoisse… sans compter la maison du gardien, c'en était ridicule pour seulement nous trois.

[30] Employée de maison

La troisième fut adoptée, 500m2 sur deux niveaux, parking pour trois voitures aboutissant quasiment sur le salon vitré, c'était la mode, parfait pour garer nos deux Ferrari et notre Bentley… on peut toujours rêver… Et un jardin de 800 m2, idéal pour s'aérer.

Insensés que nous sommes, nous voulons tout conquérir, comme si nous avions le temps de tout posséder.

Frédéric II, roi de Prusse.

Avec Juan, nous passâmes en règle Cuernavaca, lieu très touristique au sud de Mexico, les restaurateurs y gagnaient très bien leur vie, ils payaient leur dîme très bien aussi.

Il y avait plus d'incidents dans les villes non touristiques, ce qui pouvait se comprendre, autant commencer petit quand vous êtes un jeune voyou aux dents longues, mais prendre des parts de marché dans ce domaine, ça ne pouvait se faire qu'en versant le sang.
Heureusement, Juan les terrorisait.

La routine s'installait, mon compte en banque s'épaississait, Diane grandissait, mon amour envers Corinne persistait, le temps passait…

Souviens-toi que le temps est un joueur avide qui gagne sans tricher, à tout coup, c'est la loi.
L'horloge – Charles Baudelaire

L'amateur de fromages ne trouve pas son compte à Mexico.
Inutile de leur parler de camembert inconnu des mexicains. Corinne était frustrée de ce côté-là.

Il y avait une grande surface qui en faisait venir de France, le rayon était pillé par des français en une heure de temps, les rares fois où il y en avait.
Corinne, ayant des origines franc-comtoises, se régalait de cancoillotte, fromage totalement inconnu pour moi.
Il y eut une fois un arrivage et Corinne m'en fit goûter. La texture était proche d'un enduit à reboucher les trous avant peinture, et collant comme de la glu pour piéger des oiseaux. Je me rappelle lui avoir fait la réflexion que cela avait le goût de « foutre d'hippopotame. »
Elle en rit encore !

Si je me souviens bien, Jean Rostand disait :
« Tout ce que nous pouvons faire pour nos enfants, c'est de bien choisir leur mère ! »
Avec Corinne j'étais gâté, c'était une fille saine, ayant passé sa jeunesse à la campagne.

Corinne avait engagé une muchacha qui ne dormait pas sur place, c'était moins commode quand nous voulions profiter des restaurants mexicains avec jardins et terrasses surveillés par des écureuils peu farouches, mais nous avions plus de liberté.

Après Cuernavaca, ce fut Tepoztlan, avec Juan. Une belle zone montagneuse pas loin de Cuernavaca, tout autant touristique.

Je remettais les enveloppes à Pablo, tous les vendredis soir, qui tenait à changer chaque fois le lieu de rendez-vous.

Les « visites » s'égrenaient, Juan m'adoptait, les enveloppes passaient de main en main, Pablo m'approuvait, le business roulait.

Tout se passait bien, jusqu'à ce qu'il faille aller à Chihuahua, dans le nord du pays, nécessité de prendre l'avion vu la distance.

Chihuahua, haut lieu des narco-trafiquants, une immense plaine désertique, plus on s'éloigne de la ville, plus d'un touriste s'était fait dévaliser en croyant pouvoir circuler tranquillement dans cette zone.
Chaleur accablante, pas un souffle de vent, le centre-ville patrouillé par des mexicains à bord d'immenses 4x4, tous avec sombrero et cigare au bec, dignes héritiers d'Emiliano Zapata qui affirmait :
« *Plutôt mourir debout que vivre à genoux.* »

Au volant d'une voiture de location, nous quittâmes l'aéroport de Chihuahua et prîmes possession chez un contact de Juan, moi d'un P38, lui d'un revolver Smith et Wesson, modèle 6.0, les deux flingues munis de silencieux.
Juan était parfaitement organisé.

J'eus beau regarder partout, pas la moindre ombre du renommé « toutou de ces dames » !

La première journée se passa normalement, mais je sentais que Juan était plus nerveux que d'habitude.

Était-ce la tension qui régnait dans la ville ? Les habitants vaquaient à leurs occupations, mais personne ne s'attardait, personne ne discutait au coin d'une rue, ambiance feutrée comme dans l'attente d'un événement.
Cette région du Mexique est réputée pour sa dangerosité, trop de gangs s'affrontent sur un même territoire, drogue, prostitution, kidnappings, attaques armées en tous genres, chacun veut sa part, c'est le règne de la terreur et de l'horreur, décapitations, émasculations, démembrements, pendaisons sous les portiques d'autoroute, le spectacle était digne du Grand Guignol, no limit…

Nous passâmes la soirée à discuter boulot et puis d'un coup Juan me parla de sa vie privée, sujet jamais abordé avant.
J'appris qu'il avait femme et enfants, il m'apparut comme une sorte de brute au grand cœur, mais il n'alla pas jusqu'à me montrer des photos, les yeux embués !

Juan connaissait les commerçants qui étaient récalcitrants, et comme lors de l'incident de Puebla, Juan m'avertit :

- Bob, j'ai gardé pour la fin le plus risqué, c'est le restaurant de Raoul, son père a été tué il y a cinq ans, il garde une rancune tenace envers nous. Les commerçants « réglos » savent qu'il vaut mieux être tout seul lors de la remise de l'argent, mais lui, ce gars, il provoque, il n'est jamais seul, donc je compte sur toi pour observer, m'avertir au moindre geste suspect et être prêt à agir.

Une fois tous les deux rentrés dans le restaurant, Juan apostropha le mexicain qui lui faisait face, au fond vers la cuisine.

- Hola ! Donde esta Raoul ?[31]
- Raoul ne viendra pas

Pendant qu'il répondait, un autre mexicain apparut sur ma gauche.

- Ce n'est pas un problème, lui rétorqua Juan, où est l'enveloppe ?
- Raoul m'a dit de te dire qu'il n'y aura plus d'enveloppe.
- Que tonteria ![32] Il sait que…

Et là, Juan n'eut pas le temps de finir sa phrase, ça partit en vrille.
J'aperçus le gars sur ma gauche qui sortait quelque chose de sa poche, manifestement c'était un amateur, il était lent, moi j'avais déjà le P38 en main. Tout en me baissant, j'appuyai deux fois de suite sur la détente, en visant la poitrine, il fut projeté en arrière, c'en était fini de sa vie.
Juan avait fait de même sur le type en face de lui, mais il n'avait pu voir l'arrivée d'un troisième lascar en arrière sur sa droite, qui fit feu à deux reprises, atteignant Juan au torse. Il s'effondra sur le côté.
J'enchaînai par trois balles dans la direction du troisième homme pour être certain de le mettre hors combat, puis me précipitai vers Juan.

---

[31] Bonjour, où est Raoul ?
[32] Quelle bêtise !

Je m'agenouillai, pris sa tête à deux mains et la soulevai un peu en me penchant vers lui.
Il avait le visage éclaboussé de sang, l'œil hagard, comme surpris, interrogatif, il réussit à me dire dans un flot de sang sortant de sa bouche :

- M… mais… pou… pourquoi… qu… qu'elle… co… connerie ?!

Et ses yeux se révulsèrent.
Il était parti sans vraiment comprendre, un peu comme un François Villon qui disait en contradiction avec sa vie :
« Jamais mal acquis ne profite. »

Du coup, je ne saurai jamais sa spécialité pour se faire obéir…

Anyway…

Gardant toute ma lucidité, je récupérai les clefs de la voiture, fourrai les deux armes dans mes poches et sortis sans me précipiter vers le 4x4.
Une fois remises les armes au contact de Juan, en lui expliquant qu'il fallait limer les percuteurs et écraser les deux canons à coup de masse avant de s'en débarrasser, je pris la direction de l'aéroport, sans même repasser par l'hôtel, il ne fallait pas moisir dans le coin.
C'était décidé, je ne remettrais plus les pieds à Chihuahua.

Une fois installé dans l'avion, je fermai les yeux et réalisai le carnage qui venait de se passer, quel bain de sang !

Et juste au moment où Juan m'apprenait qu'il avait femme et enfants… se doutait-il de quelque chose ?

Quant à moi, j'en avais réchappé, mais une fois de plus j'avais tué, je maudissais le Vietnam, comment mon cerveau abîmé en était-il arrivé là ?

Arrêter tout, reprendre une vie normale, était-ce même envisageable ?
J'en savais trop sur l'organisation de Rodriguez-Dias, c'était peut-être ce qui était arrivé à ce pauvre Juan, plus de possibilité d'arrêter…
De plus, il y avait Corinne et Diane, qui immanquablement en feraient les frais.
Ce genre de bandit n'ayant d'autre choix que de faire le nettoyage par le vide, non je ne pouvais pas prendre ce risque de mettre leur innocentes vies en danger.
Toutes ces réflexions faisaient surchauffer mon cerveau affaibli.

Que faire ?
Oh ! J'avais la réponse, mais dans l'immédiat il fallait gagner du temps, garder le contact avec l'ennemi, ne pas abattre toutes mes cartes.

Je retrouvai Pablo dans un Coffee Shop de la Zona Rosa, lui remis les enveloppes de Chihuahua et lui expliquai en détail ce qui s'était passé, ne lui ayant révélé que quelques bribes à mots couverts de l'incident lors de la prise de notre rendez-vous téléphonique.

- Pablo, là, ça a été trop loin, l'organisation de Rodriguez-Dias, du fait aussi qu'il n'est plus sur place, va exploser, attaquée de toutes parts. Ce que j'ai vécu à Chihuahua va se généraliser, ça va faire une traînée de poudre, d'autres gangs vont débouler pour prendre la place, il va y avoir une période ingérable. Ou Rodriguez-Dias revient à Mexico et essaie de rétablir la situation, ou son organisation va voler en éclats.
- Bob, je comprends ta réaction, que veux-tu faire ?
- Pablo, je veux arrêter, ça a été trop loin.
- Mais, Bob, ce n'est pas possible, tu n'es pas sérieux, tu te doutes bien qu'on ne quitte pas el señor Rodriguez-Dias sur un coup de tête, il faut avoir une raison valable.

J'ai pris l'habitude de ne jamais donner les raisons d'un refus.
Refuser en donnant des raisons, ce n'est pas refuser.
Alain (Emile Chartier)

- Bob, prends-toi quinze jours de vacances, visite le Mexique avec ta femme et ta fille, entre temps je discute de tout cela avec el señor Rodriguez-Dias.
- Ok, Pablo.
- Ok Bob, à dans quinze jours, je t'appelle.

Ce n'était pas sage de repousser tout de quinze jours.

Il y avait de la lâcheté dans ce raisonnement, c'était une solution de facilité, évacuer tout cela en passant du bon temps avec Corinne et Diane, faire du tourisme, puis revenir, espérer retrouver la liberté, ça allait forcément mal se passer, c'était comme mettre la poussière sous le tapis. Raisonnement infantile, mais mon cerveau fonctionnait par intermittence.
Le plus sage aurait été de profiter de ces quinze jours pour foutre le camp, disparaître loin de ce dangereux señor Rodriguez-Dias, mais je voulais savoir quel atout il avait en mains, pour me forcer à continuer à travailler avec lui, comme il l'avait certainement fait avec ce pauvre Juan.

I was up in a gum tree.[33]

Heureusement j'avais Corinne, c'était ma bouée de sauvetage, j'avais cette chance, quoiqu'ayant toujours été gâté de ce côté-là. J'avais trouvé une femme forte, ça n'a pas de prix.
Je la rendais heureuse et constatais qu'on n'aime que les femmes que l'on rend heureuses.

Une femme m'attend, elle contient tout, rien ne manque,
... / ... ces femmes au sang chaud qui me correspondent,
... / ... elles ne me sont pas d'un iota inférieures.
Feuilles d'herbe – Walt Whitman

[33] J'étais dans le pétrin

Nous nous étions organisés une vie bien agréable grâce au climat de Mexico. Toute ces maisons autour de nous offraient une qualité de vie non négligeable.
Tout était surdimensionné, cuisine de 30m2, dressing room, chambres, salles de bains, on s'habitue trop vite à ces grandes surfaces, sans parler du jardin. BBQ à gogo.

Nous passions des heures allongés sur des chaises longues à bouquiner, discuter et observer la nature généreuse. Les écureuils, ces sacrés petits malins, coquins d'écureuils. J'en avais un qui était mon préféré, le seul tout noir, le poil ras, il descendait de son arbre, montait sur mon pied et avançait sur ma jambe, jusque sur ma cuisse nue, et là je lui tendais une amande séchée dont il se saisissait avec ses deux petites papattes fraîches aux griffes pointues qui vous piquaient les chairs, puis mordait dans l'amande et s'en allait précipitamment, tel un voleur, papillonnant de bonds en bonds agiles, pour cacher son butin au creux d'une branche. Même pas cinq minutes plus tard, il revenait quémander une autre amande, cela durait jusqu'à la nuit tombée. Impossible de se lasser de tels moments.
Je suis sûr que cet écureuil, au moment de sa retraite, racontera à ses petits-enfants qu'il avait existé il y a longtemps, au temps du « once upon a

time », un gentil géant qui avait un trésor d'amandes et qui en avait tellement qu'il le distribuait aux pauvres écureuils.

Nous avions acheté pour quelques pesos au coin d'une rue, une petite boule de poils blancs aux yeux rouges, pas plus gros qu'une balle de tennis, et cette petite boule était devenue un énorme lapin, toujours au poil blanc, toujours aux yeux rouges, pesant ses trois kilos facile, costaud, câlin, pas si bête que ça ! Et chose amusante, il était jaloux des écureuils, il n'appréciait pas cette concurrence déloyale qui lui prenait une part d'attention.

Nous avions été surpris de constater qu'une autre équipe d'écureuils avait organisé un pont roulant entre leur garde-manger et le nôtre. Ils passaient par une lucarne du toit, descendaient par un escalier trois étages, suivaient un long couloir, rentraient dans le garde-manger en poussant une porte battante, éventraient un sachet d'amandes, s'en saisissaient d'une entre leurs dents, puis rebroussaient chemin.

Il n'y a qu'une façon d'atteindre le bonheur : il faut cesser de se tourmenter au sujet des choses sur lesquelles notre volonté n'a aucune influence.
Epictète.

Nécessité d'être lucide, l'aventure mexicaine tournait court, je décidai d'expliquer tout cela à Corinne, mais seulement à la fin de la quinzaine.
Je concoctai un itinéraire en voiture, faisant une boucle passant par Acapulco, puis en suivant le

littoral jusqu'à Atoyac de Alvarez, et remontée vers Taxco et Toluca avant le retour à la capitale. C'était parfait sur quinze jours.

Sur les routes de campagne et les autoroutes mexicaines, il vaut mieux ne circuler que de jour, une fois la nuit tombée… problème !

Je ne fis pas de halte à Cuernavaca, ne surtout pas tenter le diable.
Je m'arrêtai à Chilpancingo, Corinne et moi découvrions un Mexique sans touriste, dans son jus, la poussette était mise à rude épreuve, à part les quelques rues principales, le reste était couvert de pavés, Diane était secouée, ça la faisait rigoler.
Deux nuits, c'était suffisant, Corinne s'extasia devant la « Cathedral of Assumption of Mary » à l'architecture massive. Promenades dans des ruelles figées dans le temps, repas souvent à base d'arrachera, tout cela parfait pour la ligne de Corinne… mais cela ne me gênait pas, il faut pouvoir s'accrocher à quelque chose.

Acapulco, autre décor, enfilade d'hôtels avec piscines obligatoires, car personne ne met un orteil dans la mer qui est recouverte d'une pellicule de gasoil et de goudron à l'odeur repoussante. Là aussi, l'Acapulco des années 50 n'existait plus. Restait le côté festif, c'était une destination comme Puerto Vallarta pour le « Spring Breaks ». Les étudiants américains y venaient à la moindre occasion pour faire la fête et s'alcooliser ! Chassés de Floride, car jugés trop perturbateurs, ce qui explique le côté trop sage de la Floride maintenant pour s'éclater !

Une semaine à Acapulco, ça passe vite, pas de halte à Atoyac de Alvarez, carrément trop dangereux pour y séjourner, les bandes rivales n'arrêtent pas de s'entretuer pour la prise de possession de la ville.

Remontée jusqu'à Taxco, 1600m d'altitude, juchée à flanc de colline, haut lieu du jeu de balle aztèque aux origines perdues. Herman Cortez, toujours lui, était passé par là, et avait pris possession violemment des mines d'argent.
Impossible de repartir sans offrir un collier de ce métal à Corinne et une chaînette de cheville à Diane.

Toluca, ville bijou, le clou de la quinzaine, insouciante, toujours logés dans des hôtels aux chambres restées dans l'état de l'époque coloniale, retour dans le temps.

Le moment de farniente était passé, j'engageai la conversation avec Corinne, tout en conduisant à l'approche de Mexico.

- Corinne, je suis heureux de ces deux semaines d'insouciance.
- Moi aussi, Bob adoré, j'en suis heureuse.
- Bon, heu…, mais…, j'ai un gros problème à régler dans les jours qui viennent, ça peut remettre en question notre vie ici.
- Je sais !
- Mais… comment tu sais ?

- Ho ! L'instinct féminin, nous sommes plus fines que vous les hommes, n'ayant pas la force physique, ni un gros cerveau, nous avons développé divers instincts pour survivre. Je me doute bien que gagner autant d'argent comme maintenant, ne peut pas venir d'une activité totalement honnête.
- Mais Corinne, tu penses cela depuis quand ?
- Dès la fin de tes trois premières semaines à Mexico, c'était évident.
- Pourquoi ne m'en as-tu pas parlé ?
- Bob, je suis heureuse grâce à toi, tu es le père de ma Diane, ton sang coule dans ses veines, toi-même tu es ancré dans mon cœur, je me fiche du reste, encore moins de l'argent, l'important c'est nous trois. Sois prudent Bob, le Mexique je m'en « poisson » !

L'amour triomphe de tout.
Virgile

Sitôt rentrés à la maison, inévitable coup de téléphone de Pablo :

- Allo, Bob, buenas tardes, vous êtes bien arrivés ?
- Oui, Pablo, buenas tardes, all is well!
- Ça s'est bien passé, bien reposés et amusés avec Corinne ?
- Oui Pablo, Corinne a beaucoup aimé.
- Bien, je suis content pour vous. Ici, la donne a changé, voilà les infos, el Senor Rodriguez-Dias et sa femme sont arrivés à

Mexico depuis déjà une semaine et ont repris possession de leur baraque à Coyoacan. Il est sur le pied de guerre et n'a pas l'intention de laisser tomber son business. Il réactive ses troupes. Rendez-vous est pris demain à seize heures chez lui.

- Waouh, Pablo ! Je m'attendais à tout, sauf à ça ! Le vieux lion rugit encore !
- Oui, même moi je suis surpris, Bob, j'espère que tu as réfléchi et que tu vas continuer le job, je te dis ça dans ton intérêt, tu fais ce que tu veux de ta vie certes, mais tu n'es pas seul, il y a ta femme et ta fille, comprends-tu la situation ?
- Oui, merci de l'avertissement Pablo.
- Ok, à demain, buenas noches.

Je constatai dans quel bordel je m'étais fourré, comment peut-on être aussi bête, ouais, enfin… je savais pourquoi !

Nous ne sommes même pas un grain de poussière dans l'univers, rien de quantifiable. Ce sont les étoiles qui gèrent notre vie. Et l'homme trouve le moyen de se bouffer la vie pendant cette courte seconde de son INSECTISTENCE terrestre, malades que nous sommes… Shakespeare n'aurait pas désapprouvé ces pensées…

Le soleil n'est qu'une étoile médiocre, parmi les cent millions d'étoiles qui forment notre galaxie.

Jean Rostand (L'homme)

Coyoacan, quartier bohème typique, architecture coloniale bariolée, rues pavées, beaucoup de charme. Les maisons au Mexique sont souvent entourées de murs de cinq à six mètres de haut, un peu comme les ryads marocains, côté rue vous n'apercevez rien, mais dès franchie la porte, c'est l'étonnement, patios luxuriants, fleurs, fontaines, chants d'oiseaux, le calme.

Un gorille à l'entrée me laissa passer, au vu de la bosse de sa veste côté aisselle gauche, il était armé, ça changeait d'Honolulu.
Le gars me demanda de le suivre à travers la végétation, j'aperçus Pamela au loin qui me fit un ravissant sourire appuyé d'un discret geste de la main… Quelle pandarde cette Pamela !
Le gorille s'arrêta pour me laisser passer en me disant :

- Entre, el senor Rodriguez-Dias et Pablo t'attendent.

J'aperçus un beau salon décoré et meublé de fournitures de l'inévitable époque coloniale, au demeurant resplendissant.
Rodriguez-Dias et Pablo se levèrent pour me saluer.
Sitôt rassis Rodriguez-Dias m'apostropha :

- Tu fais partie des murs mexicains maintenant, appelons-nous par nos prénoms.
- No problem, ça ne me gêne pas.
- Sale histoire Bob… Chihuaha ! J'avais une confiance totale en Juan et l'appréciais beaucoup. Heureusement que la policia mexicana est avec nous.
- Oui ! C'est triste, mais c'était inévitable.
- Tu penses cela Bob ?
- Oui, j'ai peur que cela ne se répète fréquemment.

Rodriguez-Dias se pencha vers Pablo et lui dit :

- Pablo, qu'en penses-tu ?
- Je pense comme Bob, il a raison.
- Mais que faire ? Car il n'est pas question pour moi de laisser tomber, j'ai trop trimé pour en arriver là !
- Ecoute, Rodriguez, la meilleure parade, c'est de montrer à tous que tu es de retour, que tu reprends le racket en mains, là ils vont faire dans leur froc et allonger les biffetons. Quand le boss se montre, ce n'est plus le moment de se révolter, ils savent qu'il faut faire le dos rond !

Rodriguez-Dias se tourna vers moi :

- Bob, tu as dû réfléchir pendant tes vacances, qu'est-ce que c'est que cette histoire à la con de vouloir raccrocher ? T'es pas sérieux !
- Monsieur… heu… Rodriguez, je veux arrêter ce boulot. Après le décès de Juan,

j'ai pris conscience que cela n'est pas fait pour moi… Tu sais que depuis mon retour de la guerre, par moments mon cerveau divague, je ne suis plus lucide, je fais des mauvais choix, et là, ça a été le cas, je regrette.

- Ok, Bob ! Arrêtons la discussion, on verra ça tout à l'heure tous les deux. Va dans le jardin et reviens dans dix minutes, le temps que je finisse de régler certains détails financiers avec Pablo.

Je n'avais pas fait dix mètres dans le jardin que je tombai nez à seins sur ceux de Pamela.

- Oh ! Buenas tardes Bob, me dit-elle enjouée, ça va ?
- Buenas tardes Pamela, non ça ne va pas !
- Qu'est-ce qui se passe, mon petit Bob ?
- Eh bien… heu… je veux arrêter ce boulot de dingue, ce n'est pas fait pour moi, je me suis planté.
- Je te comprends, Bob, moi aussi je regrette d'être avec Rodriguez, j'aurais dû le quitter depuis longtemps, mais tu sais ce genre d'homme, comme pour toi ce genre de boulot, c'est compliqué et dangereux de vouloir en sortir.
- Es-tu sûre de ce que tu dis Pamela ?
- E claro que si ! Il fait des dossiers sur tous ses collaborateurs, c'était le cas pour Juan, pareil pour moi, si tu veux le quitter il balance le dossier à la Policia qui mange dans sa main, ils n'attendent que ça pour lui rendre service.

- Mais Pamela, tu n'as rien à te reprocher, tu peux le quitter.
- C'est ce que tu crois, mais j'ai fait quelques basses besognes avant de l'épouser, si je pars il ne me ratera pas.
- Je vois…
- En fait, Bob chéri, il me dégoûte, il m'oblige à faire des trucs avec ses copains… j'en suis écœurée. Ha ! Si je pouvais m'en débarrasser et refaire ma vie avec un autre homme…

En entendant ça, j'eus un frisson amusé qui me chatouilla l'échine ! J'eus la nette impression d'avoir « déjà vu » ça quelque part…[34]
Il est vrai que la proposition était « aguichante » !

> *Il est descendu aux enfers beaucoup d'hommes auxquels les femmes avaient mis les armes à la main.*
>
> Simonide d'Amorgos – VI siècle avant JC

Revenant à nos moutons, je lui demandai :
- Pamela, as-tu une ligne téléphonique à toi ?
- Oui, j'en ai une.
- Donne-la moi, on peut peut-être s'entraider, ça dépendra de l'entretien que je vais avoir avec ton mari dans quelques minutes. Ciao bella !

En m'éloignant d'elle, j'aperçus Rodriguez-Dias qui congédiait Pablo. Je sentis nettement mon

---

[34] Voir A vendre linceul n'ayant servi qu'une fois, du même auteur

cerveau s'électriser et m'obligeai à respirer profondément plusieurs fois, tout en rejoignant le salon colonial.
Je me dis « *Calme-toi mon gars, reste lucide, tu ne pourras quitter Rodriguez-Dias qu'en gagnant du temps, en rusant, il faut en savoir plus, garde contact avec l'ennemi.* »

Soyez prudent comme le serpent et simple comme la colombe.
Evangile selon Saint Mathieu

J'aperçus Rodriguez-Dias de profil qui se saisissait d'une liasse de papiers dans un coffre-fort mural.
M'apercevant, il me dit :
- Bob, assieds-toi, prenons un bourbon on the rocks.
- Oui, avec plaisir, merci.

Une fois assis, il poussa vers moi un coffret de cigarillos.
- Sers-toi !

Pendant que j'allumais le cigarillo, il me donna quelques détails que je ne connaissais pas de la complexité de son racket avec toutes ses multiples ramifications, et réaffirma qu'il n'avait pas l'intention de passer la main.
- Bob, portons un toast au Mexique !

Nous entrechoquâmes nos verres, fîmes un claquement de langue d'approbation après avoir avalé une lampée de ce breuvage puissant, et j'attaquai de nouveau :

- Rodriguez, j'ai apprécié notre collaboration, j'ai appris beaucoup de choses, mais maintenant je veux stopper tout cela et reprendre une vie normale.

Rodriguez soupira en secouant la tête :

- Bob, je vois que tu n'as rien compris à la situation, tu n'es pas naïf au point de croire que le boulot que tu as accepté était régulier et sans risque. Vois tout le pognon que tu as gagné ! Tu aurais pu arrêter dès les trois premières semaines, c'était encore possible à ce moment-là, mais maintenant tu en sais trop sur l'organisation, je ne peux pas prendre un tel risque avec toi.
- Mais… heu… Rodriguez, tu n'as rien à craindre de moi.
- Non ! Désolé Bob, ça ne marche pas comme ça. De plus, j'ai besoin de toi, je ne peux pas te redonner ta liberté, surtout maintenant.

Je serrai les poings à m'en faire mal aux articulations et, sourd à ses arguments, répétai :

- J'insiste, pour moi la page est tournée, je m'en vais.
- Non, Bob, tu ne pars pas ! Si tu pars, ce sera les pieds en avant, je te préviens, no other way, de toute façon tu n'as pas le choix, tu es pieds et mains liés avec ce que je sais sur toi.

Il me désigna alors la liasse de papiers qu'il avait pris dans son coffre et qu'il avait gardé à portée de main, et ajouta négligemment :

- Bob, ça te rappelle quelque chose, un certain… Max ?

Mon sang se figea dans mes veines, j'étais « a square peg in a round hole ».[35]

Pire, j'étais devenu une « Grenouille Andouille ».

Rodriguez jeta les papiers dans le coffre et en claqua la porte.

- Tu comprends, Bob, pourquoi tu ne peux pas t'en aller. Si la confession écrite de Max et les preuves jointes tombaient entre les mains de la policia mexicana, tu serais bon pour la chaise électrique. Tu as fait un mauvais pari. Max n'était pas si fou, tu as cru qu'il agissait seul, tu as perdu !

« *Close, but no cigar…* »[36]

- Bob, raté de peu, c'est raté quand même. Tu comprends maintenant pourquoi je suis venu dans ton agence à Honolulu. Pour moi, tu étais le mec parfait, je pouvais te tenir par les couilles si nécessaire. C'est la

---

[35] Une cheville carrée dans un trou rond – Référence à Max, maître chanteur assassiné par Bob – Voir « A vendre linceul n'ayant servi qu'une fois » du même auteur

[36] Presque réussi, mais raté - L'expression tire probablement son origine des fêtes foraines où l'on gagnait des cigares (l'expression signifie mot à mot « tout près, mais pas de cigare »)

base de tous ces business où il y a énormément de flouze à gagner, pareil en politique.

Je comprenais tout maintenant, mais finalement, ce n'était pas pour me perturber.
Somme toute, ma condition de « grenouille andouille » n'était pas si mal qu'on peut la concevoir. Quand l'ennemi croit qu'il a gagné, il baisse sa garde.

Celui qui sourit au lieu de s'énerver est toujours le plus fort.
Sois l'eau mon ami.
Bruce Lee

Tête basse, je fis mine de céder :

- Tu es le plus fort, Rodriguez, tu as gagné, je m'incline.
- Parfait, Bob, et n'oublie pas, même si je suis revenu à Mexico, tu dois toujours passer par Pablo, comprendes ?
- Comprendo, Rodriguez, gracias.

Ma décision était prise, j'arrêtais tout.
Plusieurs options s'offraient à moi, je rejetai celle d'un bain de sang.

Une fois rentré à la maison, je réalisai que j'avais un coup d'avance sur Rodriguez, c'était là ma force.

La première partie de mon plan était d'éloigner Diane et Corinne de Mexico.
Je savais qu'il n'y avait aucun magasin Mercato-Total sur tout le Yucatan, donc Rodriguez-Dias ne serait pas dangereux là-bas.

J'expliquai à Corinne la situation :

- Corinne, j'ai discuté avec Rodriguez-Dias, il ne veut pas me laisser partir.
- C'était évident, Bob, que faisons-nous ?
- Premièrement, toi et Diane partez tôt demain matin pour Merida, c'est un aller sans retour, Mexico D.F. c'est fini.
- Ok, Bob, j'approuve.
- Ce n'est pas tout, Corinne, tu passeras la journée à visiter quelques pyramides, tu verras il y a des iguanes gros comme mon bras avec une longue langue, ça amusera Diane, et le lendemain vous quittez l'hôtel pour aller en bus jusqu'à Cancun. Tu feras tout ça sous ton nom de jeune fille et régleras tout en espèces.

La deuxième partie du plan était nettement plus risquée.

Je m'enfermai dans mon bureau et décrochai le combiné du téléphone.

- Allo, j'écoute, ici Pamela.
- Pamela, c'est Bob.
- Ha ! Bob, caro mio, quel plaisir de t'entendre !
- Ecoute Pamela, j'ai réfléchi sur nous, moi aussi je suis prêt à quitter ma femme, je peux te débarrasser de ton mari, mais il faut que tu m'aides pour cela.
- Ho, Bob ! Tu sais que je flashe sur toi, je suis prête à tout pour toi, ce serait trop beau de vivre ensemble, que veux-tu que je fasse ?
- Pamela, il me faut le code du coffre-fort qui est dans le salon colonial, que tu laisses la porte d'entrée de service et celle du salon entrouvertes à 23h30 précises demain soir.
- Ho ! Bob, mon chéri, si tu fais ça, je serai toute à toi, entièrement à toi, on mènera la belle vie avec l'argent du coffre, tous les deux… Promis… Je t'aime.
- Oh, oui, Pamela, ce sera fantastique, bon je note le code, n'oublie pas, 23h30 pile, moi aussi… je t'aime !

Apparemment, elle ignorait l'existence des papiers me concernant… ouf ! Je jouai le jeu, mais je me dis : quelle salopes ces nanas, elles ne manquent pas d'air !

« Bête comme un homme » disent les femmes,
« lâche comme une femme » disent les hommes.
Fredrich Nietzsche

Le lendemain matin, je déposai Corinne et Diane à l'aeropuerto avec toutes les réservations nécessaires. Tout en étant enlacés, Corinne me dit :

- Sois prudent, mon Bob adoré !
- T'inquiète Corinne, je gère…
- Quand nous retrouvons-nous ?
- Je t'appellerai pour ça, une fois tout réglé.
- Ok, Bob, je te fais confiance, je t'adore, prudence !

La journée allait être longue, c'était décidé, je ne reculerais pas.

Cette interminable journée me laissa le temps de cogiter sur la vie, ma vie, mon père, ma maman… Une poésie de mon père refit surface :

La flèche a sifflé…
L'air a gémi
La feuille a frémi

Tremble aussi le rameau
D'où s'envole l'oiseau
Tourbillonnant au ciel

Toute la nature alarmée
Vibre et gémit
Tremble et frémit

Car l'homme a tué.

Puis, revinrent à la surface des souvenirs des copains au Vietnam, quand nous faisions des concours de phrases décalées du sens réel, à base de questions ou d'affirmations comme :

Un sanglier, c'est dangereux, parce qu'il traverse la route sans regarder

Ou

Pourquoi les grenouilles aiment prendre le thé tard ?

Ou encore

A vendre planche cloutée… pour fakir…

Moi, j'avais été fier de ma trouvaille :
A vendre linceul n'ayant servi qu'une fois…[37]

Nous étions jeunes, naïfs, la mort rôdait autour de nous… la preuve : ils ne sont pas revenus…
La vie ça passe et ça trépasse.

Une seule chose est certaine :
la fleur qui a fleuri une fois meurt pour toujours.
Omar Kahyam

Tout seul dans la maison, c'était le calme avant le hurlement de la tempête qui briserait des os.

Allez ! No headache ! L'homme doit agir, l'inaction n'est pas bonne pour lui…

Je ne me faisais pas trop d'illusions sur Pamela, je pourrais la contenir tant qu'elle espérerait que j'abattrais son Rodriguez-Dias.

[37] Qui a donné son titre au roman précédent de l'auteur

Mais je ne voulais plus tuer… La boucherie de Chihuahua avait été la goutte de sang qui avait fait déborder mon âme.

La nuit arriva, je commençai à m'équiper.

Anticipant divers scénarios, je m'habillai en conséquence, tenue noire moulante, gants de cuir, bonnet descendant jusqu'aux yeux, puis me passai sur le visage un fond de teint très foncé, et enfilai des chaussures de crêpe noire.
Je n'emportai pas mon P38, uniquement un couteau de chasse, un Black-Jack[38], deux paires de pincettes[39], plus une lampe torche.

Voilà, c'était parti. Je me retrouvais, à peu de choses près, dans une mission commando comme j'en avais vécues à la guerre. Agir vite et bien, sans laisser de traces de mon passage.

Une fois garé, je laissai les clefs sous le tapis de sol, et me dirigeai vers la porte d'entrée de service, il faisait nuit, personne dans la rue à cette heure tardive.
Si pas d'imprévu, ce serait fini en moins de quinze minutes.
Je poussai des deux mains la porte qui s'ouvrit sans bruit, me glissai à l'intérieur du patio, repoussai le battant sans le fermer complètement et m'immobilisai dos au mur.
J'observai. Il n'y avait aucune lumière, ni dans le jardin, ni dans la maison, aucun bruit, les jets d'eau

---

[38] Matraque faite d'un nerf de bœuf
[39] Mini-menottes qui enserrent les pouces

à l'arrêt. Je laissai passer cinq minutes, le temps que ma vision s'adapte à l'obscurité.
Je m'apprêtais à traverser le jardin quand j'aperçus une faible lumière vers la porte d'entrée principale, une ombre se profila derrière la fenêtre d'un grand appentis. Certainement un gardien, ce n'était pas prévu. Pamela était-elle au courant ?

Anyway, je devais récupérer les papiers et déguerpir.
Plié en deux, à pas de loup, j'atteignis la porte vitrée du salon colonial qui n'était pas fermée à clef. Je me dirigeai vers le coffre-fort, et aidé de la lampe torche, composai le code et fis tourner la poignée.
La porte s'ouvrit, pour l'instant Pamela n'avait pas triché.
J'éclairai l'intérieur du coffre et aperçus la liasse de papiers, plus quelques paquets de dollars entourés d'élastiques rouges. J'aurais pu laisser les dollars, mais dans ce cas, c'était signer mon larcin, je fourrai le tout dans mon polo et rebroussai chemin jusqu'à la porte vitrée.

A ce moment précis, la porte s'ouvrit d'un coup brusque et le gardien apparut.
Il avait la corpulence d'un ancien boxeur poids lourd, ce genre de gaillard peut être dangereux.
Ils gardent toujours un punch et une vitesse de frappe qui peut faire mal, et vous envoyer vite fait au tapis, voire au royaume des anges.

C'est plus difficile d'apprendre la boxe que les mathématiques. Sinon il y aurait plus de classes de boxeur que de classes de calcul.
Boris Vian – L'herbe rouge

Je ne faisais pas le poids.

Dans cette situation, le mieux est de feindre la peur, reculer d'un pas et attendre que l'autre attaque le premier, immanquablement il se déséquilibre en avançant. Ce qu'il fit, me balançant, sûr de sa force, un jab du gauche, suivi immédiatement d'un uppercut du droit.
J'esquivai le jab en reculant et parai l'uppercut en inclinant ma tête sur le côté, il s'attendait à tout sauf à rencontrer le vide, rien pour s'appuyer, pour stopper son élan, cela aurait plu à Bruce Lee… Je le laissai trébucher et en profitai pour lui asséner un rude coup de black-jack sur le crâne qui l'envoya bouler par terre. J'en profitai pour lui attacher une poucette.
Je me relevai et enjambais le garde quand j'entendis derrière moi une voix féminine qui disait :

- Stop ! ou je tire !

Surpris, je me retournai et aperçus Pamela qui tenait en main un minuscule pistolet, un « Derringer Double ».

Gros moment d'angoisse ! Qu'allait-il se passer ? Je décidai de jouer au crétin !

- Ha ! Pamela chérie, c'est toi ! Tu m'as fait peur !

- Désolée, Bob, dans la pénombre, je n'étais pas sûre que ce soit toi !

Je devais continuer à la blouser.

- Pamela ! Il faut que je parte avant que le garde reprenne ses esprits et puisse me reconnaître, avec tout ce raffut, ton mari risque d'arriver, là c'est raté, je m'occuperai de lui dans quelques jours. J'ai déjà l'argent, j'y vais, je t'aime !

Je voyais qu'elle hésitait, peut-être songeait-elle à appuyer sur la détente. Mais, heureusement, mes paroles la déroutèrent, j'étais à ses yeux le pigeon qui pourrait la débarrasser de son mari. Elle baissa son arme et me dit :

- Oui, Bob, tu as raison, on fait comme ça, je t'aime aussi.

C'est d'une grande habileté que de savoir cacher son habileté.

De la Rochefoucauld

Je m'en tirais à bon compte.

J'avais décidé de ne prendre aucun risque, et donc, de ne pas repasser par la maison, direction un hôtel à touristes en Zona Rosa. Sitôt pris possession de la chambre, je brûlai les papiers puis tirai la chasse d'eau dessus.
Etait-ce suffisant ? Pour moi, ça l'était, j'avais bien regardé avant de « sauter », je n'avais pas voulu rajouter un mort de plus, c'était mon choix.

Je me levai aux aurores, direction l'aeropuerto, passai par vice devant la belle Casa Azul de Frida Khalo, souvenir d'une belle visite avec Corinne et Diane. Frida Khalo avait bien mené sa barque dans la vie, malgré ses handicaps physiques certes, mais avec de l'argent à la clef, ça aide…
Moi, c'était un handicap mental rotatif, le service après-vente appelé GOD SERVICE CAR n'avait pas prévu de remplacement standard des vis platinées, oubli impardonnable du constructeur.

Est-ce que mon choix de récupérer les papiers serait suffisant pour arrêter l'hypothétique vengeance del senor Rodriguez-Dias ? We will see…

Je pouvais espérer qu'il aurait surtout actuellement *d'autres chats à fouetter...*[40]
Mais c'était pas sûr…

Je laissai la voiture sur le parking avec ticket et clefs bien en évidence sur le tableau de bord, une fois volée, ça brouillerait la piste.

Une dernière fois, j'observai Mexico D.F. derrière le hublot, douce pensée envers mon petit copain coquin l'écureuil noir, tu me manqueras !

---

[40] En français dans le texte – To have other fish to fry

Cuba, La Habana.

Je demandai au taxi de faire un détour par les champs verts de canne à sucre, puis lui fit arrêter la voiture, en descendis, ramassai un bâton de canne, j'avais tout mon temps. Le soleil éblouissait, l'air embaumait, une petite brise fraîche agitait les cannes, les merles colorés des tropiques virevoltaient, joyeux, braillards, tout respirait la vie, la joie, l'accouplement, c'était bon de voir, sentir, toucher...
Bouffée de bonheur, bouffée d'éternité…

Une fois dans la chambre de l'hôtel Ambos Mundos, dans la Habana Vieja, chère à Hemingway, j'appelai Corinne à Cancun.

- Allo, Corinne, my love !
- Ho, Bob, je m'inquiétais, où es-tu ?
- A Cuba !
- Cuba ? Mais c'est super ! Depuis quand y es-tu ?
- Je viens d'arriver, ça s'est bien passé avec Diane ?
- Oui, Bob, tu sais les iguanes avec leurs longues langues sont vraiment énormes. Ça l'a amusée, et ce matin ça a été les dauphins, c'était magique, elle était ébahie.

- Corinne, j'en suis content, mais il vaut mieux ne pas rester à Cancun, prenez le premier vol pour la Habana, rappelle-moi pour me dire à quelle heure vous arrivez.

Une heure de vol, c'est rapide, je croisai les doigts pour que rien de fâcheux n'arrive avant leur embarquement. Mon souhait fut exaucé, les retrouvailles furent baveuses et arrosées de larmes.

Cette aventure mexicaine s'était heureusement passée pas trop mal : on fait des écoles à tout âge !

Apprendre par cœur n'est pas savoir.
Michel de Montaigne

J'avais appris et découvert beaucoup de choses.
Enfin réunis tous les trois, pas de soucis d'argent avant longtemps, l'avenir était radieux, le mieux à faire semblait être de profiter de la Habana, de jouer aux touristes gogos et de prendre des douches de plaisir… à trois !

Un jour à déambuler dans la ville, c'est suffisant. Tous ces hôtels particuliers croulants, à l'architecture kitsch malgré leur délabrement, c'est sympa, mais quelle tristesse, quelle saleté étalée, cette misère si l'on sait observer… Nous, les nantis, exagérons à déambuler avec nos dollars parmi ces gueux, c'est malsain, on n'est pas au spectacle, ni au zoo.
Basta ! Ces pays pauvres, c'est pas fait pour moi…

Il y avait à la sortie de l'hôtel un vieux chien bâtard, au pelage galeux, adossé au mur, assis sur son arrière-train, l'œil triste à faire pleurer. Il portait dans son regard humain toute la tristesse du coin. Il passait tout le jour là… Qu'attendait-il ? Mystère…

Après deux jours à La Habana, Corinne me dit :

- Bob, je suis ravie de ce séjour, mais passons aux choses sérieuses. Il y a une ville qui m'a toujours fait rêver ado, c'est Caracas, la sonorité du mot enflamme mon imagination. Qu'en penses-tu Bob ?
- Tu as raison Corinne, Caracas ça fait rêver, mais depuis l'invention du béton armé, il ne reste plus aucun bâtiment ancien, ce n'est plus que building sur building, ce n'est plus bon que pour le business, je suis passé par là, c'est affreux, je déconseille.

Je n'allais pas dire à Corinne pourquoi c'était mieux de ne pas y mettre les pieds… C'est là que j'avais pris l'identité de Stan Smith[41], paix à son âme !

- Mais Bob, que proposes-tu ?
- Moi, je te propose d'aller à Puerto Rico, c'est moins touristique. Ouais, ces touristes, ça me fatigue !
- Tu connais ?

---

[41] Voir « A vendre linceul n'ayant servi qu'une fois »

- Oui Corinne, je connais, et puis il vaut mieux s'éloigner un peu plus du Mexique !
- Bon, je te fais confiance, c'est vrai que tu as pas mal voyagé dans ces pays pour le tennis. Moi vois-tu, j'ai une telle soif d'apprendre, de découvrir, je veux m'en mettre plein les mirettes !

Mon cœur m'a dit :
« Je veux savoir, je veux connaître ! Instruis-moi Kayyam, toi qui as tant travaillé ! »
J'ai prononcé la première lettre de l'alphabet et mon cœur m'a dit :
« Maintenant, je sais. Un est le premier chiffre du nombre qui n'en finit pas. »

Puerto Rico Aeropuerto, les miches au chaud, clim inexistante sur le tarmac, température à faire cuire un œuf sunny side up !

C'était la belle vie, Corinne aux anges, Diane qui grandissait, mon état mental semblait se stabiliser. Une fois installés dans un hôtel du Old San Juan aux rue pavées et aux vieilles demeures bariolées, j'emmenai la petite famille se baigner sur la belle plage de sable de Condado Beach. Là aussi de majestueux pélicans blancs se laissaient planer au gré des masses d'air chaud, vol qu'on ne peut se lasser de regarder. Là aussi, la bétonisation était en marche rapide, signant la fin d'une époque, évolution hélas inévitable.

Alors que nous étions confortablement installés sur nos serviettes, je sentis Corinne s'agiter plus que d'habitude. Elle se lança :

- Bob, je suis si heureuse d'être ici, mais j'ai quelque chose à te confesser.

Je lui répondis en blaguant :

- Mais confesse-toi, je te donnerai l'absolution, rassure-toi, deux Pater et trois Ave suffiront à effacer tes péchés.
- Ok Bob, eh bien… euh… je suis sûre d'être enceinte…

Je m'attendais tout sauf à ça, je me penchai sur elle et lui dis :

- Hem… doctor Livingstone, I presume ! ?
- Blague pas, Bob, je suis sérieuse, moi !
- Mais moi aussi, Corinne, je suis sérieux, quoi de plus normal que d'être enceinte ?
- Yes, but… si ça se confirme, que fait-on ?

J'étais amusé que Corinne me pose la question de cette façon.

- Et toi, Corinne, qu'en penses-tu ?
- Moi, ça ne me déplairait pas te de faire un héritier de plus.
- Alors, Corinne… adjugé vendu, lui dis-je.

Ce furent de gros baisers brûlants, avec comme témoins, les pélicans et Diane.

Les quelques semaines passées à Puerto Rico permirent d'effacer l'épisode mexicain. Ici, sur cette île, ce n'était que délices.
La Placita de Santurce était notre fonds de commerce pour aller au restaurant, prendre des mojitos, flâner dans les ruelles pavées, nous jouissions innocemment du présent, jusqu'au jour où…

Les enfants n'ont ni passé, ni avenir, et, ce qui ne nous arrive guère, ils jouissent du présent.
Jean de la Bruyère

Quand vous avez été à la guerre - au front ! - votre vision de la vie est changée pour toujours.

Chaque pas fait dans la jungle peut être le dernier, vous avez le trouillomètre à zéro, donc il faut observer, guetter, écouter, il en va de votre vie, là vous n'êtes plus dans un fauteuil, face à l'écran de cinéma. L'instinct du soldat qui ne m'avait jamais abandonné fut alerté par la vision d'une berline noire, qui apparaissait trop souvent dans le rétroviseur de notre voiture de location.

J'en informai Corinne :

- Tu vois Corinne, cette voiture noire au loin avec apparemment deux passagers, j'ai la nette impression que depuis ce matin, elle nous suit.
- Si c'est ton impression, Bob, changeons d'itinéraire plusieurs fois, qu'en penses-tu ?
- Oui, tu as raison, continuons à nous balader comme si de rien n'était, ce peut toujours être une coïncidence, même si je ne crois pas trop aux coïncidences.

Après quelques détours volontaires, qui n'avaient aucune logique avec l'itinéraire de retour vers San Juan, nous n'avions plus aucun doute, une filature existait bien, nous étions surveillés.
Il n'y avait à nos yeux que deux explications plausibles. Ou la police locale avait été missionnée, et dans quel but ? Ou c'étaient des sbires à Rodriguez-Dias…

Je décidai avec Corinne que le mieux à faire était de déguerpir, de prendre de vitesse ces suiveurs, sans chercher à en savoir plus.

Il vaut mieux prévenir que guérir ![42]

Il nous restait la soirée et la nuit, qui risquaient d'être courtes pour quitter Puerto Rico, et vers quelle destination ?
Ce n'était pas un problème, puisque nous portions tous nos biens avec nous. C'était un des secrets qui rapprochent du bonheur, au moins l'ennui ne risquait pas pour l'instant de nous rattraper à force de changer d'horizon.

Au gré de nos balades sur l'île, j'avais repéré un coin où il y avait des baroudeurs, sortes de Kerouac des mers, beaucoup de gars, moins de filles, qui vivaient sur leur sloop[43] et laissaient dériver le temps, la marijuana locale les y aidait aussi.
Quel est l'homme qui au fond de son cerveau n'a pas rêvé de vivre cette bohème, ou en tout cas d'essayer, que ce soit sur un bateau ou à terre, sous les tropiques, de rejouer au Robinson… Retrouver cette paix contemplative chère à Louis Pauwels.

Voir ce que cela apporte, si c'est jouable ?!
Combien de temps ?
C'est quoi la vie ? Notre vie ?
Qu'est-ce qui est mieux à vivre, inventer, s'inventer ou rester dans son moelleux fauteuil rassurant soporifique et dévirilisant, du moins pour les mecs ?
Tout sauf cultiver son jardin, t'avais tout faux mon pote… Mais tu faisais déjà de la désinformation !! Sacré enfumeur… va !

---

[42] En français dans le texte (better safe than sorry)
[43] Voilier à un mat

Flap your arms and legs.
If you are quiet, you are not living.
You've got to be noisy ![44]
Mel Brooks

Une fois de retour à l'hôtel, Corinne me dit :

- Bob adoré, je sais où nous irons !
- Je t'écoute, dis m'en plus.
- J'ai entendu parler d'une île française dans les Caraïbes.
- Et comment s'appelle-t-elle ? C'est loin ?
- Non, ce n'est pas loin, deux cents miles marins[45], c'est Saint-Martin, c'est français, en prenant notre temps, c'est quatre jours de navigation. Et pour Diane et moi, pas besoin de passeport.

Nous allégeâmes encore notre monture, pour finir au strict minimum, minimum facile à atteindre sous les cocotiers, puisque nous passions nos journées en tee-shirt et bermuda pour moi, tee-shirt et jupe tube pour Corinne, Diane c'était slip de bain et nuisette.
Donc, trois backpacks, et nous voilà à quatre heures du matin dans la pénombre et la délicieuse fraîcheur naissante et parfumée de l'aube des pays chauds, à nous enfourner dans la voiture et nous diriger vers une petite crique pas loin de San Juan.

Il ne fut pas difficile de motiver par des dollars agités sous son nez le premier marin aventurier en

---

[44] Battez des bras et des jambes. Si vous êtes calme, vous n'êtes pas vivant. Faites du bruit !
[45] Un mile marin = 1852 m

train de vider ses tinettes, d'appareiller rapidement avec comme destination San Marteens, ou plutôt Saint-Martin, la partie française de notre île de destination.
Quoi de plus enthousiasmant que de tenter quelque chose de nouveau, Marc-Aurèle le disait déjà il y a deux mille ans :
« *Point de dégoût, ni de découragement, si tu viens d'échouer, recommence !* »

Au revoir Puerto Rico !
Au revoir, San Juan !

On s'habitue vite à une douceur de vivre sur ces terres tropicales, nous aurions prolongé avec délices la découverte de l'île et de ses autochtones, mais, hélas, une fois de plus, c'était préférable de lier le sac avant qu'il ne soit plein…

Sitôt les réservoirs d'eau potable remplis et un minimum de provisions de bouche entassées dans la cambuse, pour environ trois jours, une fois larguées les amarres et hissée la grande voile, le sloop se dirigea vers le grand large.

Voyager rend modeste. On voit mieux la place minuscule qu'on occupe dans le monde.
Gustave Flaubert

Pendant toutes ces opérations, j'avais scruté les ténèbres, et n'avais rien repéré de suspect, manifestement nos suiveurs devaient être au lit, ne s'attendant pas à notre évasion matinale.
Avec un peu de chance, Puerto Rico était le dernier lieu et lien dangereux, c'était mon opinion, et avec une telle opinion, la mer des Caraïbes qui se présentait devant la proue du navire serait calme et sans vague !
La route de navigation tracée, tout en faisant du cabotage, nous amènerait à faire une escale à Rhodes Town, la capitale de l'île de Tortola, dans

l'archipel des Iles Vierges Britanniques, à mi-cap de l'île de Saint-Martin, d'y passer une nuit à terre et de lever l'ancre à l'aurore sur le navire d'un autre baroudeur, ce qui noierait un peu plus le poisson…

Avec une telle embarcation, il n'aurait pas été possible de gagner une régate, tant l'accastillage et la vitalité du capitaine laissaient à désirer. Il fallut très vite empanner[46] pour diverses réparations dues à cette quincaillerie marine, ce qui n'arrangea pas la grande voile qui faseillait[47] dangereusement, au risque de rompre ses coutures.
C'est tout le problème de ces navires de plaisance, où le marin à bord passe son temps à radouber, à remettre en état son rafiot. Heureusement, le gros de la navigation se passait en vue d'une côte, lointaine certes, mais visible à la jumelle, ce qui rassurait Corinne.
Nous profitions de sensations nouvelles. Le bruit du clapot de l'eau sur l'étrave, le crissement de l'écume qui déferlait, créaient un environnement musical qui poussait à la rêverie, à la nonchalance, pareil pour les reflets du soleil sur les vagues qui se scindaient en des milliers d'éclats, assaillant nos yeux éblouis par tant de clarté.
Une fois la nuit venue, après cette longue journée, le soleil ne se laissa pas complètement oublier, grâce à sa pâle copine la lune, spectacle apaisant malgré la pleine rondeur qui étalait sur l'eau son reflet agité.

---

[46] Mettre le bateau à l'arrêt

[47] La voile claque lorsque le vent ne l'enfle pas

Moments calmes, savoureux, d'intenses méditations, avant que le marchand de sable qui s'était transformé en marchand d'écume, ne passe.

Le soleil éteint, qu'en arrivera-t-il ?
Les plantes périront, les animaux périront,
Et voilà la terre solitaire et muette.
Diderot

Ne nous lamentons pas sur notre sort, pas le temps, vivre « il faut VIVRE», on n'a qu'une vie, profitons-en !

Pour ça, rien de tel qu'une bonne fricassée de poissons volants qui atterrissaient pendant la nuit sur le château arrière du sloop. Diane était étonnée de voir qu'un poisson pouvait voler !
La navigation fut calme, le navire semblait glisser sur l'eau étale.
L'île de Tortola se dessina progressivement à l'horizon. Tout en longeant la côte, nous apercevions la végétation luxuriante et ses plages de sable parsemées d'énormes boulders aussi gros et suggestifs que les rochers granitiques des Seychelles.
Nous nous promîmes d'y revenir un jour en prenant notre temps !
Mauvaise décision, car, neuf fois sur dix, on ne revient jamais…

Une fois accostés le long d'un quai à Rhodes Town, nous nous fondîmes dans la foule du port avec nos backpacks, sans passer par la capitainerie, autant faire un passage discret si possible et ne pas laisser de trace de nos identités aux autorités locales. Pour la nuit, un hôtelier peu regardant, mais avide de dollars, se contenta de ce que j'avais écrit sur le registre d'admission… Ce fut « Monsieur et Madame Sampras Pete » avec leur fille… Qui se méfierait d'un couple d'américains avec un enfant en vacances ?

Là aussi, il fut facile de trouver un autre navire avec son skipper, et de le motiver avec le dieu dollar à l'appui, pour la destination de notre choix. Rendez-vous fut pris le lendemain matin tôt.

Une fois les amarres rentrées, et sortis du port au moteur, le skipper déroula les voiles et le foc, et manœuvra plein Sud-Est. Ce fut rapidement la haute mer, le vent s'était levé, et aux dires du capitaine, nous aurions une traversée agitée avec quelques « bourrasques ».[48]

Effectivement, nous fûmes secoués avec de grands creux, ça tapait sec, les gilets de sauvetage étaient bienvenus au cas où.
Ce fut comme cela toute la journée, ça changeait de la première partie du voyage, heureusement la température du vent restait clémente sous ces latitudes.

Une fois la nuit venue, ce fut l'accalmie. Nous pûmes faire de la géographie de la voûte céleste étoilée avec Diane. Spectacle ô combien stupendous à nos yeux de fragiles « roseaux

---

[48] En français dans le texte – Blustery wind

pensants », de bipèdes terrestres déshabitués à observer à travers l'univers le royaume des dieux.

Le vent du Sud a flétri la rose dont le rossignol chantait les louanges.
Faut-il pleurer sur elle ou sur nous ?
Quand la mort aura flétri nos joues, d'autres roses s'épanouiront.
Le poète de Nichapour, fabriquant de tentes.

Après ces longues méditations et cette courte nuit, ce fut l'arrivée à la marina de Port Royal de Saint-Martin.
Là, plus question de s'amuser à passer inaperçus, donc direction tout de go aux douanes françaises pour se régulariser, du moins moi, puisque Corinne était toujours française.

C'était le départ d'une autre aventure.

Après quelques jours à l'hôtel, nous louâmes une villa sur la côte Est, à Oyster Pond, accolée à la partie néerlandaise.
La vie allait reprendre son rythme normal.

Quelle était la raison de la filature à Puerto Rico, nous ne le saurons certainement jamais, ça n'avait peut-être aucun lien avec le Mexique ou avec mon passé, mais la décision de s'éclipser était la bonne.

Mais…
La prudence s'imposait, cette filature, si elle était en rapport avec le Mexique, pouvait être synonyme de mort, et le soldat, au cerveau devenu primaire,

ne pouvait supporter une telle menace au-dessus de son casque.
L'épicentre du péril était pourtant désormais bien loin, et le GI gentil garçon avait tout pour s'épanouir, entre une femme aimante et compréhensive, et un petit bout de chou attendrissant et apaisant.

Ce n'était pourtant pas suffisant et Bob le GI reprenait inexorablement le dessus.
Une punition s'imposait devant son regard voilé du sang versé de ses camarades morts au combat.

C'était risqué de faire un aller-retour Saint-Martin-Mexico, mais c'était le prix à payer pour le repos de son âme.

J'expliquai à Corinne qu'il était nécessaire que je retourne là-bas pour une mise au point, je n'en dis pas plus.

J'eus tout le temps de mettre au point plusieurs stratégies pendant les heures de vol vers le Mexique.
L'effet de surprise était mon meilleur atout, qui prendrait le risque de retourner dans les pattes du fauve dans l'espoir de l'éliminer !?
Cela ne pouvait venir que d'un cerveau en souffrance.

Connaissant les habitudes de Rodriguez-Dias, le mieux était d'agir la nuit tombée. Je m'étais procuré un revolver 7.65 avec silencieux, des liens, une paire de gants.

J'y allai au culot, sonnai à la porte et attendis.
Un petit judas s'ouvrit, je ne laissai pas le gardien s'exprimer, je lui dis tout de go :

- Ouvre, j'ai rendez-vous avec ton patron.

Le gardien, pris de court, ouvrit la porte, je lui enfonçai le revolver dans l'estomac et le repoussai dans sa guérite. Une fois saucissonné, bâillonné et attaché au radiateur, je lui dis :

- Ne joue pas au con, attends tranquillement, ça te sauvera la vie.

Je sentis à son regard qu'il avait compris le message.

Dead dogs don't bite.[49]

Je traversai en courant le patio et pénétrai dans le living room plongé dans le noir.
Je me mis à monter l'escalier à pas de loup. Arrivé au palier, je m'immobilisai, de la lumière filtrait sous une porte sur ma droite, et une autre au bout du couloir.

Je choisis la plus proche, approchai mon oreille de la porte et entendis de la musique. J'entrebâillai le plus doucement possible la porte et jetai un coup d'œil. J'aperçus Rodriguez-Dias couché dans son lit et regardant la télévision.

J'avançai, mais la discussion n'eut jamais lieu.

Rodriguez-Dias tourna la tête vers moi, en brandissant ce que je crus être un pistolet, ce n'était que la télécommande, mais c'était trop tard, j'avais déjà fait feu et l'oreiller se constella d'éclaboussures de sang, le poumon droit transpercé.
Je m'approchai de lui, lui soulevai la tête, il n'en avait plus pour longtemps à vivre, il me souffla :

- Pou… pourquoi, j'avais tout laissé tomber, me…mes menaces, c'était pour te garder…
- Et les hommes qui me suivaient… alors ?
- Non… non, c'est… c'est pas moi, c'est Pamela, je t'avais prévenu. C'est… c'est une folle. Moi je… je t'appréciais et voulais… simplement te garder….

---

[49] Un chien mort ne mord plus

Sa tête retomba, c'était fini.
Je m'étais bêtement planté, c'était lui qui était réglo sous son masque de bandit.

Le fou se croit sage, et le sage se reconnaît fou.
Shakespeare

Je me précipitai vers la porte du fond du couloir que j'ouvris d'un coup brusque et aperçus Pamela presque en costume d'Eve, à part un léger déshabillé, devant sa coiffeuse.

Je lui dis, tout en m'approchant d'elle :

- Je sais tout, espèce de folle !
- Mais, Bob, que dis-tu ? Je… je t'aime, j'attendais de tes nouvelles !
- Ah oui ! De mes nouvelles ! Et tes sbires qui me suivaient partout !

Tout en lui disant cela, je lui balançai une grosse claque qui la propulsa par terre.
En se tenant la joue, elle prit un air de chien battu et se releva :

- Mais, Bob… Bob… ce n'est pas vrai, je t'aime….

Tout en disant cela, elle plongea la main dans le tiroir de la coiffeuse et se saisit d'un colt.
J'étais plus rapide, et avant même qu'elle ne redresse l'automatique, j'avais tiré. La balle l'atteignit à l'estomac, elle tomba pliée en deux, je me penchai, son regard était déjà trouble, elle me dit juste avant de mourir :

- Bo… Bob… je… je te hais, je… je te détruirai…

Il n'y avait plus rien d'autre à faire, rideau, c'était terminé, je quittai la chambre, la maison, je ne refermai pas les portes, il ne sert à rien de fermer l'étable quand les chevaux n'y sont plus.

Les femmes vont plus loin en amour que la plupart des hommes,
mais les hommes l'emportent sur elles en amitié.
Jean de La Bruyère

Voyager beaucoup, c'est un plus, quoi de mieux qu'une vie pleine de diversité, ça éloigne la routine, l'ENNUI n'a pas de prise, mais c'est une lutte de chaque jour contre ce monstre dévorant, car tu le connais lecteur ce monstre délicat, hypocrite lecteur – mon semblable – mon frère ! merci de ton soutien, cher Baudelaire…

On ne fait bien les choses de la vie qu'avec passion et amour.
C'est toujours plaisant de découvrir de nouveaux spots, de nouveaux horizons, notre cerveau de citadin ne se lasse pas de cela.

Nos corps et nos esprits étaient bercés par la douce et chaude brise marine. Le ventre de Corinne s'arrondissait sensuellement, mais l'habitude finit par s'installer inévitablement.

L'homme, un être qui s'habitue à tout.
Feodor Dostoïevsky

Un des inconvénients majeurs de vivre sous les cocotiers, ce n'est pas bien sûr de risquer d'avoir une grosse bosse sur la tête !
C'est le manque d'échanges « intellectuels », il y a de quoi devenir « gaga » si vous n'y prenez garde.

Du plaisir, plus de plaisir, toujours plus de plaisir, ça estompe ce plaisir.
C'est ce que les rosbeefs désignent par leur « *always partridge* ».[50]
Pour contrer cette monotonie, nous explorâmes l'ile d'Anguilla, au nord, puis Saint-Barthelemy.

Corinne, séduite par « Saint-Barth », me dit au retour de notre trip :

- Savais-tu Bob que Saint-Barth c'est français, et c'est « bath » !
- Pourquoi me demander cela Corinne, je le savais !
- Ce serait sympa de s'installer là-bas, c'est plus paisible qu'ici.
- Pourquoi pas, Corinne, essayons !
- J'ai repéré une boutique dans le centre de Gustavia, qui serait parfaite pour un salon de coiffure.
- Pourquoi pas, Corinne adorée, moi aussi j'ai repéré deux courts de tennis quasiment à l'abandon, et puis tu sais, *on ne peut pas vivre d'amour et d'eau fraîche*[51] tout le temps.
- Super, ça me fait plaisir que tu réagisses comme cela.
- Pourquoi ? Que croyais-tu ?
- Ho ! Rien, mais je ressens l'envie de m'occuper, tant les mains que l'esprit.
- Pourquoi se refuser ce que l'on a envie de faire ? Nous en avons les moyens.
- Donc, c'est décidé, on s'installe là-bas ! ?

---

[50] Littéralement « toujours du faisan »
[51] En français dans le texte (one cannot live on water alone)

- Mais pourquoi pas…

Et voilà ! De pourquoi en pourquoi pas, nous étions installés à Saint-Barth !
Là aussi, nous avions déniché une baraque les pieds dans l'eau, nous étions devenus des pros du déménagement, c'était facile, nous avions fait le choix de ne posséder que ce qui meublait notre cœur et notre esprit.

Corinne s'occupait à installer son futur salon, malgré l'embonpoint charmant qui augmentait, jusqu'à une délivrance prochaine. Cette fois ce serait un garçon, et, fidèles à notre premier principe avec le prénom de Diane, le seul prénom commun à nos deux listes s'avéra être « John ».
John fut adopté à l'unanimité. C'était très passe-partout, mais surtout, c'était un prénom viril, sa sonorité et sa visualisation étaient positives.
Quant à moi, j'avais négocié la reprise des deux « tennis courts » facilement, car le gus précédent ne savait pas y faire, aucun charisme, aucun background performant pour attirer le chaland, il était normal que l'activité périclite. Ça changerait avec ma venue !
J'avais fait une liste de tout le matos nécessaire pour démarrer, Corinne avait fait de même. La décision fut prise que j'irais seul à Saint-Martin, Corinne devant éviter de prendre l'avion.
Je ferais les achats plutôt côté néerlandais à Philipsburgh, ils étaient mieux achalandés.

Le travail est un trésor.
Esope – Environ 550 avant J.C.

Une fois installé dans le minuscule monomoteur à hélices, je me mis à cogiter sur un épisode de ma vie qui m'avait marqué.

J'avais souvent été confronté à ce que j'appelle les « concours de château de sable » quand j'étais gosse, l'été près de New York à Long Island. Il y avait des « Clubs Mickey » sur les plages qui organisaient régulièrement des concours.
Bizarrement, quand c'était des concours d'adresse, de force, de vitesse, de réactivité intellectuelle, qui n'étaient jugés que par le chronomètre, j'étais toujours le meilleur, mais dès qu'il s'agissait des maudits « concours de château de sable », j'étais relégué loin derrière le premier.
Mes châteaux n'étaient ni mieux, ni pires, mais ils étaient exposés au « jugement humain », et, fait du hasard, celles ou ceux que j'appelais les gros empotés, enfin ceux qui ont les deux pieds dans le même sabot, étaient classés premiers !?
Strange…
Le marmot tête à claque, handicapé mental et physique, mais gosse de notable, me passait devant, ça me révoltait, mais que faire ?
C'est ça, l'injustice des hommes, et j'en avais tiré une excellente leçon de vie.
Il ne faut pas s'étonner que plus tard, ce sont les mêmes moutards pleurnichards, braillards et cafteurs, à la logorrhée facile, qui dirigent nos pays… et que l'on tombe sans arrêt de Charybde en Scylla !
Normal…

Seul hic ! C'est qu'ils n'oublient pas de se remplir leurs poches entre ces deux rochers d'autre chose que du vent !

Ce qui ne me tue pas me rend plus fort.
Frederich Nietzsche

Côté néerlandais, l'île de Saint-Martin est plus propre et plus « secure ».
Après une journée bien remplie à passer des commandes et à me frayer un chemin parmi les hordes de touristes américains volubiles débarquant de leurs paquebots, je revins à l'hôtel, trouvai un mot dans mon casier.

« A l'attention de monsieur Bob Lutz.
Prière de rappeler le dispensaire de Saint-Barthelemy dès que possible. »

J'étais inquiet, j'appelai.
Une voix de femme me répondit :
- Bonsoir, ici le dispensaire, j'écoute.
- Bonsoir Madame, ici monsieur Bob Lutz, on m'a laissé un message me demandant de rappeler, que se passe-t-il ?
- Tout à fait, monsieur Lutz, je suis Sarah la sage-femme, votre femme a accouché cet après-midi, tout s'est bien passé.
- Ho ! Ouf ! C'est super !
- Oui, monsieur Lutz, un beau garçon, voulez-vous que je vous passe sa maman ?
- Oui, bien sûr, avec plaisir, merci !

....
- Allo ! Corinne ?

- Ah ! Bob ?
- Alors, comme ça, tu ne m'as pas attendu ?
- Tu parles, je ne suis plus une primipare, c'est venu très, très vite, comme une lettre qu'on glisse dans la boîte, mais en sens inverse !
- Génial, Corinne, que je suis content, c'est merveilleux !
- Quand rentres-tu, my love ?
- Demain matin, Corinne, passe une bonne nuit !
- Ok, Bob adoré, à demain !

Les avions, ça me porte à la réflexion. Une fois assis dans le zinc du retour, je réalisai que je rétrogradais une fois de plus dans le cœur de Corinne…
De numéro deux après Diane, je devenais numéro trois après John, sacredieu !

L'Amour est l'histoire de la vie des femmes,
c'est un épisode dans celle des hommes.
Germaine de Staël

A mon retour, après des retrouvailles tendres, il y eut une période d'accalmie propre aux tétées et aux siestes.
Je constatai que Diane avait changé d'attitude, elle était renfrognée, il est vrai que tout tournait autour de John, Diane était inévitablement un peu délaissée.

Un soir où nous étions réunis tous les trois dans le salon, Diane nous apostropha Corinne et moi par un :

- Mais, nous étions si bien tous les trois !

Quel mot adorable… mais terrible !

Les enfants commencent par aimer leurs parents,
devenus grands, ils les jugent ;
parfois, ils leur pardonnent.
Oscar Wilde (1854-1900)

Les passionnés de tennis n'étaient pas gâtés à Saint-Barth, peu de choix de courts, en outre beaucoup d'endroits étaient trop venteux. Je réussis malgré tout à recréer un cadre propice à l'activité, et très vite je ne manquai pas de clients.

Jusqu'au jour où, alors que j'étais tranquillement assis dans un fauteuil du club house, une plantureuse américaine se planta devant moi et s'exclama :

- He ! Jack ! How are you ? Long time no see…[52]

Je restai sans voix.
Je m'attendais à tout, sauf à ça !

J'étais une fois de plus une grenouille andouille…

Car, à bien y réfléchir, Saint-Barth , c'est proche de la Floride, et beaucoup d'américains snobs et fortunés aiment venir sur cette île pour son ambiance festive.

Mon destin devait être un marathonien, il avait un excellent rythme, une foulée efficace, rien à faire pour le distancer…

---

[52] Comment vas-tu ? Ça faisait longtemps…

Mais c'était sans compter que moi aussi je sais courir, et que le classique « never give up »[53] était dans mes gènes.

Je lui répondis du tac au tac :

- Ah ! Désolé, vous devez faire erreur !
- Pourtant, vous ressemblez à un prof de tennis que j'ai connu il y a longtemps en Floride
- Vous devez faire une confusion, je m'appelle Bob ! On a tous des sosies…
- C'est incroyable, la ressemblance ! Avez-vous déjà été en Floride côté Palm Beach ?
- Non, jamais ! Je suis toujours resté sur la côte ouest, à Los Angeles.
- Alors excusez-moi, Bob, j'en parlerai à mon mari, lui aussi joue au tennis, je reviendrai, appelez-moi Barbara, au-revoir !
- Il n'y a pas de quoi, Barbara, au plaisir !

J'avais le crâne rasé et m'étais laissé pousser la moustache, mais, malgré cela, elle m'avait reconnu. Je me souvenais d'elle, elle était bandante à l'époque, mais je n'avais pas pu m'occuper d'elle, mon carnet de rendez-vous « sentimental » était plein à craquer, je n'ai hélas que deux bras… Par contre, j'avais entraîné son mari et le pire, c'est que son mari qui était retraité à l'époque, était un retraité particulier, puisqu'il avait été flic à New York !

---

[53] Ne jamais abandonner

En y repensant, je n'aurais jamais dû accepter d'aller à Saint-Martin, ni à Saint-Barth, c'était trop proche de la Floride… mauvaise pioche, il aurait mieux valu l'Europe, l'Afrique ou l'Asie, mais surtout pas la proximité du continent américain.

Bien fait pour moi !
Grenouille andouille…

Le mari de Barbara s'appelait Tom.
Tous les flics ont développé leur côté physionomiste, et Tom ne manquerait pas de s'interroger aussi sur cette ressemblance troublante, et de faire le lien avec Ted Mavis, Penelope et son lover. Leur assassinat avait fait la une de la presse, ainsi que la clôture de l'affaire par la découverte du cadavre carbonisé de Jack à Caracas[54].
Un flic reste un flic, le boulot les rend pervers et vicieux, parfois sadiques. Il ferait jouer ses anciennes relations professionnelles pour mener sa propre enquête et arriverait à la même conclusion que précédemment Max le maître-chanteur.

Le cerveau de Bob le GI commençait à s'échauffer, et s'il arrivait à ébullition, alors le carnage était inévitable.
Bob le gentil garçon n'avait aucune prise pour le calmer !
Ça risquait de mal se passer pour la sexy Barbara et pour Tom son mari, s'ils repassaient par le club,

---

[54] Voir « A vendre linceul n'ayant servi qu'une fois »

et dans cette hypothèse, les sharks de Saint-Barth allaient se remplir l'estomac « on the house ».[55]

Le soir venu, je fus obligé d'avouer à Corinne ce qui arrivait, elle ne fut pas surprise ayant intégré la bivalence de mon caractère dû au Vietnam.
Nous étions main dans la main, et décidés à nous en sortir.
Une fois de plus, l'union fait la force, j'avais cette chance rare d'avoir une femme forte à côté de moi.

Bob le GI était victime de la malédiction de l'albatros autour du cou.[56]

Corinne réussirait peut-être à l'en débarrasser sans nuire au gentil Bob, bien qu'ils fussent indissociables.

---

[55] Gratis, c'est le patron qui paye

[56] Allusion au poème romantique anglais de Samuel Taylor Coleridge

Une semaine passa tranquillement, je commençais à espérer que Barbara et son mari aient regagné la Floride, ce qui aurait réglé le problème, mais un matin tôt, déboulèrent dans le club house justement Barbara et Tom, raquette à la main.

- Comment ça va Bob ? me dit Barbara.
- Mais très bien Barbara, et vous ?
- Je vous présente mon mari Tom.
- Enchanté Tom, lui dis-je.
- Je voudrais jouer une heure avec ma femme, est-ce possible tout de suite ?
- Oui, vous voyez, les courts sont libres à cette heure matinale.
- Barbara préfère taper la balle avant dix heures, après il fait trop chaud pour elle.
- Pas de problème, allez-y tout de suite.

Juste avant de rentrer sur le court, Tom me dit :

- Vous savez, Bob, c'est incroyable la ressemblance que vous avez avec un tennis coach que je connaissais à Palm Beach, Barbara avait raison !
- On a tous des « doubles », souvent c'est troublant.
- Bon, je vais jouer avec Barbara, au plaisir de discuter avec vous après notre séance, see you later.

Un crime se couvre par un autre crime.
Sénèque (le philosophe)

La semaine passée m'avait permis d'échafauder plusieurs scenarios, et comme disait le fabuliste : « *en toute chose, il faut considérer la fin.* »

S'éloigner de Saint-Barth rapidement et discrètement n'était pas envisageable, je n'étais plus tout seul, Corinne, Diane et John étaient à mes basques, dans cette situation j'avais fini par avoir moi aussi « les deux pieds dans le même sabot », ça complique pour courir vite !

Une fois leur partie terminée, Barbara et Tom revinrent au bar du club house, et Tom engagea la conversation :

- Bob, je vous offre un verre, que voulez-vous ?
- Avec plaisir, ce sera un coca, et vous ?
- Pareil, allons nous asseoir sous la véranda, pendant que Barbara est sous la douche.

Une fois nos verres entrechoqués, et avalée une gorgée de coca, Tom me dit :

- Ma femme et moi adorons Saint-Barth, c'est une île à multiples facettes, je me prends pour Hemingway, comme lui j'aime la pêche à l'espadon.
- Ha ! J'aime bien, j'ai pratiqué un peu il y a longtemps.
- Nous passons deux mois chaque année ici.
- C'est un bon rythme.

- Pour revenir sur votre ressemblance avec ce gars de Palm Beach, ça peut être à l'origine de quiproquos redoutables, surtout quand il s'agit d'un assassinat…
- Ça vous fait penser à quoi, Tom ?
- Eh bien, il y a quand même eu trois morts, c'est pas rien !
- Trois morts ?
- Oui, trois morts, trois personnes assassinées par le même gars, et ce gars était tennis coach comme vous, c'est pour cela que c'est troublant. Heureusement que vous étiez sur la côte ouest !
- Qu'est-ce qui s'est passé ?
- En fait, c'était un gars pas malin, car il s'était servi d'une corde de tennis pour étrangler une de ses victimes, c'est ce qui a permis de remonter à lui rapidement, sans parler de sa fuite précipitée à l'étranger… Un mandat international a été envoyé contre lui, mais tout s'est arrêté, car on a retrouvé son corps carbonisé à Caracas, au Venezuela. Voilà toute l'affaire.
- Vous avez l'air de bien connaître l'affaire, journaliste ?
- Non, flic. J'étais en fait déjà à la retraite, j'avais fait ma carrière de cop à Washington D.F., mais j'avais suivi l'affaire par réflexe professionnel.
- Donc tout s'est bien terminé, le coupable étant décédé.
- Oui, c'est vrai, « affaire classée », mais il y avait toujours eu quelque chose qui m'avait chiffonné, car le corps n'a jamais été

ramené aux US, et a été incinéré là-bas, donc il n'y a pas eu d'autopsie. Vous savez je suis retraité, j'ai besoin de m'occuper, je vais à mon retour demander au coroner que je connais de me confier le dossier, ça m'occupera…

- Vous repartez quand ?
- Nous repartons dans moins d'une semaine, voilà notre téléphone, si ça vous dit une partie de pêche, appelez-moi !
- Ok, Tom, avec plaisir, je vous appellerai, saluez Barbara.

Le vent tournait, la girouette allait suivre, Bob le GI, pour sauver sa carcasse, allait être rassasié d'horreur.

Causons de tombeaux,
De vers et d'épitaphes.
Shakespeare (le Roi Richard)

A y bien réfléchir, c'était un sacré malin ce Tom, il me proposait une sortie en mer innocemment, sachant que ça ne se refuse pas, c'était certainement une façon astucieuse de récupérer mes empreintes digitales, et des photos de moi, car il y a toujours au retour la séance photo, avec espadon ou requin pêché.
C'était fâcheux tout cela.
Certes, il constaterait que mes empreintes des pouces et index étaient inexploitables puisqu'effacées chirurgicalement.[57]

[57] Voir « A vendre linceul n'ayant servi qu'une fois »

Ça pouvait quand même le conforter par la suite que j'avais cherché à cacher quelque chose…
Le plus problématique, c'était les photos avec des recoupements morphologiques possibles.

Sacré malin, le Tom, et pourtant pas tant que ça…

Quelque part, il m'apportait la corde pour le pendre, et ça c'était mal joué pour un cop, même à la retraite.

Une fois revenu à la maison, j'expliquai la situation à Corinne, en lui révélant ce qui s'était passé à Palm Beach aux dires de Tom.
Je ne cherchai pas à duper Corinne, elle savait que j'avais vécu en Floride.
Mais je ne pouvais pas avouer que j'avais tué de sang-froid. Je fis celui qui avait eu une sorte d'amnésie, qui ne savait plus ce qui s'était réellement passé.
Et si réellement j'étais l'assassin, c'était l'autre, le GI au cerveau abîmé, qui avait agi… ce qui était finalement la réalité.

Corine me rassura :

- Bob, ne t'inquiète pas, nous sommes deux, même quatre maintenant.
- Oui, Corinne, mais quand même, c'est embêtant, s'il reprend l'enquête à zéro une fois revenu en Floride.
- Non, ne t'inquiète pas, si tu vas pêcher, mets des gants ! Ce sera déjà ça, et puis, si ça t'angoisse trop, rien ne nous retient ici,

nous pouvons partir en Europe, pourquoi pas ?

Décidément, Corinne n'avait pas froid aux yeux, ça changeait des autres nanas que j'avais fréquentées dans ma vie.

J'appelai Tom et rendez-vous fut pris aux aurores le lendemain.

A partir de cette prise de rendez-vous, je sentis que le cerveau du gentil Bob était mis au rencart et que celui du GI victime de la guerre s'installait bien vite dans la place laissée vide, devenant un cerveau reptilien.

Je ne comprends décidément pas pourquoi il est plus glorieux de bombarder une ville assiégée que d'assassiner quelqu'un à coup de hache.
Feodor Dostoïevski

J'arrivai à la marina à moitié endormi.

Tom avait loué pour la journée un bateau type cabin-cruiser à deux ponts, le spot de pêche n'étant pas éloigné à plus d'une heure de navigation, c'était parfait.
Il avait tout préparé la veille au soir, les appâts vivants, deux cannes télescopiques munies de moulinets Gladia 2650, les harnais et baudriers, l'un pêcherait debout, l'autre assis à l'arrière du bateau, avec la possibilité d'interchanger nos places suivant la taille du poisson ferré.

Le jour commençait à peine à se lever, l'air marin frais embaumait, quelques étoiles brillaient encore dans le firmament dégagé de tout nuage, pas de vent, c'était parfait pour une pêche au gros.

Tom m'attendait pour larguer les amarres.

- Comment ça va, Tom ? lui dis-je.
- Super, Bob, la journée s'annonce bien.
- Que puis-je faire pour vous aider Tom ?
- Larguez les amarres, je vais aux commandes.

Une fois le cruiser libéré, le raptor endormi et tapi en moi se réveilla d'un coup et dressa la tête tout en soulevant ses paupières, laissant apparaître deux prunelles aux éclats de sang.

Je m'apprêtais à rejoindre Tom au poste de commande lorsque surgit Barbara en maillot de bain et déshabillé de plage.
J'avais espéré qu'elle ne vienne pas, mais en y réfléchissant, c'était mieux qu'elle soit là.

- Hi Bob ! Nice day for fishing ! me dit-elle avec un sourire de séductrice.
- Oui, Barbara, superbe journée !
- C'est sympa que vous ayez accepté cette partie de pêche !
- Ça ne se refuse pas, lui répondis-je.

Je voyais bien que je lui plaisais beaucoup, elle n'avait pas changé depuis l'époque de Palm Beach, et recherchait toujours à se faire sauter quand l'occasion se présentait…

- Oui, Bob, ça me fait plaisir, j'aime la compagnie des beaux mecs virils.

C'est sûr, elle devait être en manque et n'y allait pas par quatre chemins ! Ça changeait !

Les hommes portent leur cœur dans leur sexe,
les femmes portent leur sexe dans leur cœur.
Malcolm de Chazal

Après une heure de navigation, nous étions sur la bonne zone des hauts fonds que fréquentent les gros poissons.
Je rejoignis Tom à l'arrière du bateau, il venait de mettre le moteur à l'arrêt, il était déjà équipé, prêt à pêcher, et me dit :

- Bob, je commence à pêcher assis, j'ai monté les lignes ave des petits hameçons, histoire de se chauffer avant d'attaquer les choses sérieuses.
- Oui, Tom, c'est préférable de se chauffer les muscles.
- Si vous le voulez, faites comme moi, allez-vous équiper avec les harnais et baudriers qui sont dans la cabine du fond.
- Ok Tom, j'y vais !

J'étais en bermuda, torse nu. Je me dirigeai vers le roof et descendis une volée de marches pour arriver dans une sorte de salon carré avec fauteuil et table basse, cerné de hublots, avec au bout une petite porte munie également d'un hublot.

Une fois la porte franchie, re-volée de marches à descendre pour atterrir au niveau inférieur, sous la ligne de flottaison.
Il y avait un couloir étroit avec au bout une autre porte qui menait aux cabines. Et là, j'eus une surprise somme toute agréable, Barbara les seins à l'air en maillot minimaliste me bloquait le passage.

- Ha ! Barbara ! Je vais à la cabine du fond m'équiper.
- Oui, Bob, pas de problème, vous pouvez passer.

Le seul problème, c'était impossible de se croiser sans se frotter, mais au vu du sourire salace de Barbara, ça n'avait pas l'air de l'inquiéter, soit dit en passant, moi non plus. On est homme ou on ne l'est pas !
Ce qui était certainement prévu dans la tête de Barbara arriva, nous nous retrouvâmes face à face, « coincés », la poitrine généreuse aux mamelons pointus de Barbara s'appuyait lourdement sur mon torse, ce qui déclencha en moi un réflexe pavlovien de durcissement d'une intime partie de mon corps. A l'écarquillement des yeux de Barbara, je compris le plaisir que cela lui procurait, puis les yeux écarquillés chavirèrent d'un coup et des lèvres entrouvertes s'écrasèrent sur les miennes, suivies d'une langue frémissante à la recherche de sa copine.

Dans ce genre de situation, avec le mari pas bien loin, ce ne peut être qu'un accouplement violent et bref, juste le temps de baisser le bermuda, d'écarter le maillot de bain de Barbara, et comme ferait un

boulanger, d'enfourner le pain dans le four brûlant, tapissé de farine.
Les deux orgasmes qui s'ensuivirent auraient pu figurer dans les records du Guiness Book… j'en garde une belle morsure au cou.

Retour au calme, tout en m'équipant dans la sacrée cabine du fond, je pensais sans raison ou plutôt si… à la devise de Cassius Clay, dit Mohammed Ali :

I fly like a butterfly
And
I sting like a bee[58]

Tom s'était chauffé en remontant un thon d'une vingtaine de kilos.
Il m'invita à prendre sa place sur le siège, et très vite, en une quinzaine de minutes, je remontai aussi un thon presque aussi gros que celui de Tom.

Sur ce, mon hôte me dit :
- C'est parfait, nous sommes prêts pour passer aux choses sérieuses, changeons d'hameçon et d'appât.
- Vous avez raison Tom, c'est maintenant le meilleur moment de la journée, je vous laisse commencer.

Sur cette pêche, les espadons, marlins, requins peuvent facilement dépasser les deux cents kilos, pour cela il est nécessaire que la canne munie de son moulinet soit fixée au baudrier, lequel baudrier

---

[58] Je vole comme un papillon et je pique comme une abeille

attaché au pêcheur qui lui-même est maintenu sur le siège par le harnais. Sans ces précautions, le pêcheur risquerait d'être éjecté avec la perspective d'être tiré par le carnassier vers les profondeurs sans possibilité de se détacher, entraînant une mort par noyade.

Barbara était remontée de la cabine.

Elle passa devant moi en faisant comme si je n'existais pas, à part juste un « petit sourire en coin »[59] satisfait. Elle était habillée d'un tee-shirt blanc orné d'un lion, qui découvrait son nombril, et d'un short noir ultra court faisant ressortir ses formes. Tom la pria de mettre un moteur en marche et de le laisser tourner au ralenti, ce qui permettait de positionner l'arrière du bateau toujours dans l'axe de la ligne, suivant les déplacements du poisson.

Selon le plan que j'avais établi, le moment crucial était arrivé. Rien ne m'arrêterait maintenant, j'avais atteint un point de non-retour, c'était Bob le GI qui entrait en scène pour la basse besogne.

Tom propulsa au loin sa ligne plombée qui fit une belle parabole, puis se mit à lâcher du fil au fur et à mesure de la faible avancée du bateau.
C'était la phase d'incertitude, phase d'attente, phase de calme, phase où tous les sens sont en alerte.

---

[59] En français dans le texte (small smile coin)

Prêt à ferrer le poisson par une brusque relevée de canne, juste avant qu'il ne recrache l'hameçon et l'appât.
Cinq minutes, vingt minutes, une heure parfois, il ne se passe rien et le pêcheur doit rembobiner, déçu.

Pour mon plan, il était obligatoire qu'un gros poisson joue le jeu, et je priais pour que tout se déroule comme prévu.
D'un coup Tom redressa sa canne, suivi d'un cri de joie.

- Yeah ! Ça y est, il y en a un gros au bout !

A partir de ce moment-là, c'est un sport qui peut s'apparenter au jeu du chat et de la souris, et qui peut durer très longtemps. Il s'agit de fatiguer le poisson, tout en évitant que la ligne ne se rompe, et que l'hameçon ne se décroche, en le ramenant progressivement, patiemment, vers le bateau.
Tirer, relâcher, rembobiner, Tom faisait cela à merveille. A un moment, le poisson se propulsa hors de l'eau. C'était un marlin bleu d'au minimum deux cents kilos. Plus le marlin était proche du bateau, plus il se débattait, plus Tom était secoué et soulevé de son siège. Sans son harnais, il serait éjecté, la puissance du marlin l'emportait.

C'est sur cela que je comptais, mais il fallait que je tranche d'un coup sec l'attache du harnais du siège, sans que Tom ni Barbara ne s'en aperçoivent et cela juste au moment où le marlin produirait sa plus grosse traction pour essayer de se libérer.

Je tenais dans ma main droite enfoncée dans ma poche un court poignard, et jetais de brefs coups d'œil sur la ligne, sur Tom tendu sur son siège et sur Barbara toujours aux commandes.
J'attendais, quand subitement le marlin refit surface, telle une fusée, ce qui signifiait qu'il allait plonger profondément de toutes ses forces après sa retombée.

Je m'assurai que Barbara regardait vers l'avant du bateau, c'était le bon moment, je sortis le poignard et tranchai d'un coup la sangle reliant Tom au siège.
La ligne se tendit, la canne se courba en deux et Tom, sous l'attraction de sa victime, fut propulsé par-dessus le bastingage, disparaissant comme aspiré sous la surface de l'eau.
Je n'espérais plus qu'une chose, qu'il reste suffisamment de temps sous l'eau avant de refaire surface…

Bob le GI jubilait !

La mort de tout homme m'amoindrit, parce que je fais partie de l'humanité ; c'est pourquoi, ne demande jamais pour qui sonne le glas, il sonne pour toi.

Aucun homme n'est une île - John Donne[60]

Barbara se retourna juste pour apercevoir son mari catapulté hors du bateau, elle poussa un cri d'effroi,

---

[60] Par association d'idées, l'auteur fait ainsi référence à l'ouvrage « Pour qui sonne le glas » d 'Hemingway, lui-même amateur de pêche au gros

lâchant les commandes elle se précipita vers la poupe, pour se pencher vers les profondeurs, tout en continuant d'hurler :

- C'est pas possible, TOM, MON CHERI… TOM… TOM
- C'est affreux, commentai-je, tout en la retenant par les épaules.
- Mais… mais qu'est-ce qui se passe ? OU ES-TU, TOM ? TOM ?
- Attendez, il va apparaître, on va lui porter secours !
- Mais… mais c'est pas possible ! Qu'est-ce qui s'est passé ?

Je lui indiquai la sangle rompue sans prononcer un mot. Son regard se porta dessus, puis elle reporta son attention sur la mer, loin derrière le bateau, tout en répétant :

- Mais c'est pas possible, c'est pas possible !

Et au bout de plusieurs minutes d'attente angoissée, elle s'effondra sur le pont, secouée de spasmes, comprenant que c'était trop tard maintenant, même s'il refaisait surface.

Nous patrouillâmes une bonne demi-heure avant d'abandonner les recherches. Nulle trace de Tom.

A l'arrivée au port, je jetai un rapide coup d'œil au niveau de la sangle tranchée, elle était très usée, la coupure n'était pas nette, la trame était effilochée, ce qui accréditerait la thèse d'une rupture accidentelle.

Bob le GI, carnassier au cerveau reptilien, avait rempli sa mission et se passa une langue de satisfaction sur ses lèvres.

Je ne pouvais pas mettre à nu Bob le GI devant Corinne, je lui expliquai lâchement que c'était un accident, que tout compte fait, ça réglait le problème Tom.
Elle convint cependant que cela ne changeait rien à notre résolution de mettre un terme à notre aventure antillaise, ça m'arrangeait, il fallait que je m'éloigne de cette maudite Floride trop proche.

Corinne commenta, avec un brin de philosophie :

- Tu te rends compte, Bob, ce qu'est la vie !
- Oui, Corinne, c'est pour cela qu'il faut jouir du moment présent.
- Tu as raison… jouissons !

Ma Corinne…

Je repris, après quelques instants de réflexion :

- Oui, il faut en profiter, te souviens-tu Corinne, tu m'avais dit qu'un grand-père du côté de ton père était originaire d'Europe Centrale ?
- Tout à fait, ce grand-père était yougoslave, serbe précisément.
- Mais c'est où la Yougoslavie ?
- Eh bien ! Comme je t'ai dit, en Europe Centrale, c'est à l'Est de l'Italie, ça touche la côte Adriatique.

- Ah bon ! Et il était né dans quelle ville ?
- Belgrade, je crois.
- Ok, je passerai demain à la bibliothèque de Gustavia pour étudier ça !

Je réponds ordinairement à ceux qui me demandent raison de mes voyages :
Je sais ce que je fuis, mais non pas ce que je cherche.
Montaigne – Essais

Je compulsai dans la bibliothèque tout ce qui avait trait à l'Europe, l'Italie, l'Adriatique, la Yougoslavie.
Pour un Américain, c'est du chinois. Il est incapable de situer ces pays sur une mappemonde.

Au bout de deux heures, j'avais cependant une idée de l'endroit où se nichait Belgrade – loin de la Floride - ce qu'étaient les Slaves du Sud – des barbares plus dangereux encore que des bandits mexicains - et que leur alphabet était le cyrillique – idéal pour tenir à distance tout bon américain moyen.

Nickel !

Je détaillai le résultat de mes recherches à Corinne :
- Ma douce, j'ai appris beaucoup, cette Europe fourmille de cultures qui semblent attirantes.
- Bob, ça ne m'étonne pas que tu arrives à cette conclusion, mon grand-père avait les

larmes aux yeux quand il parlait de son pays.

- Je te crois bien volontiers, je suis partant pour aller vivre là-bas, de plus j'ai constaté qu'il n'y a pas de convention d'extradition internationale avec les Etats-Unis, donc le soldat Bob pourra dormir en paix.
- Ho ! C'est génial ! L'aventure continue… C'est reparti, comme tu dis souvent, la vie c'est risible, c'est pas sérieux, nous allons être heureux là-bas tous les quatre. Let's go… Yougoslavia

La vie devient une chose délicieuse
dès qu'on décide de ne plus la prendre au sérieux.
Henry de Montherlant

La police locale conclut à une mort accidentelle, après deux jours de recherches infructueuses en mer.
Barbara, atterrée, décida de partir rejoindre sa famille en Floride.

De notre côté, Corinne et moi étions prêts à nous envoler vers le vieux continent, nous n'avions plus de raison de rester à Saint Barth. Le mieux était donc de rejoindre la Yougoslavie, avant qu'hypothétiquement Barbara ne se décide à approfondir une relation possible entre le décès de son mari et la présence sur le bateau de Bob, sosie troublant de cet assassin à Palm Beach.

Nul regret de quitter Saint Barth, la vie continuait.

Seul problème non soulevé par Corinne, la Yougoslavie, c'était encore un pays communiste… Pourrions-nous nous y installer à demeure ?

Ils ne savaient pas que c'était impossible,
ils l'ont fait.
Mark Twain

Après une escale du Boeing à Paris, nous atterrîmes à Belgrade sous un soleil radieux, c'était le début du printemps, les hirondelles et les martinets avaient envahi le ciel, ils traçaient en tous sens, poussant leurs cris de joie stridents qui résonnaient à nos oreilles.
C'était le fleurissement de la vie.

« *Life is beautiful !* »

Une fois installés à l'hôtel Moskova place de la République, Corinne m'organisa tout un périple touristique. Elle avait eu l'occasion de visiter Belgrade lors d'un séjour scolaire. La ville étant construite sur plusieurs collines, vous passez votre temps à monter et à descendre, ça apportait un charme certain, avec quelques beaux points de vue sur la Save et le Danube, mais je n'eus pas le coup de foudre, d'autant plus avec John dans la poussette.
Décision fut prise de visiter le pays, et en scrutant une carte, le choix se porta sur Zagreb, en Croatie, ce n'était pas loin, et notre moyen de locomotion fut la voiture. Nous vivions cela comme un renouveau, ce serait une nouvelle étape. Nous étions bêtement heureux, et passions beaucoup de temps comme des gosses à rigoler.

Il faut rire avant que d'être heureux,
de peur de mourir sans avoir ri.
Jean de La Bruyère (17ème siècle)

Arrivés à Zagreb, nous allâmes de surprise en surprise, la place Jelacic toute en couleurs, le marché de Dolac avec ses célèbres parasols rouges dans la ville basse, avec un minuscule funiculaire pour accéder à la ville haute, tout cela en faisait une ville à taille humaine, un peu comme une maison de poupées.

Corinne s'exclama :

- Bob adoré, c'est trop mignon comme ville, qu'en penses-tu ?
- Oui, Corinne adorée, c'est une ville « *cosy* », les habitats semblent accueillants et relax.
- Eh bien, Bob, on s'installe ici ?
- Eh bien, Corinne, on s'installe ici !

Mes craintes concernant la possibilité de s'installer dans un pays communiste furent vite balayées.
La Yougoslavie de Tito savait faire du business avec les occidentaux. El les Etats-Unis avaient apporté pas mal de fric…

Nous nous installâmes dans un pavillon à mi-hauteur entre la ville basse et la ville haute, avec un jardin, ce qui était idéal pour les enfants. Le seul « hic » maintenant, nos finances avaient besoin de remonter la pente, une discussion s'ensuivit :

- Bob, il faut faire rentrer des sous.
- Oui, tu as raison, lui dis-je.

Je constatai une forte inquiétude dans son regard.

- Nous pouvons toujours essayer de retravailler chacun dans notre domaine, suggéra-t-elle.

Dubitatif, je répondis :

- Je pense que ce sera difficile pour toi de travailler dans un salon de coiffure, il y a le problème de la langue, pas facile le yougoslave…
- Oui, c'est vrai, tu as raison, mais alors que faire ?
- Je pense que tu devrais t'occuper des enfants, après tout ils ont besoin de toi. Quant à moi, je pourrais donner des cours de tennis en anglais à l'élite fortunée, après tout, ces pays commencent à s'ouvrir tout doucement à une forme d'économie privée.
- Ok, Bob, je te fais confiance.

Je rejetai finalement l'idée du tennis, jugé trop capitaliste…

Restait l'agence de détective privé, rebaptisée « Agence d'enquêtes privées » par les autorités locales. Never mind, la finalité restait la même…

Mais, il y avait toujours la barrière de la langue. C'est un gars d'ambassade qui, en plaisantant sur le sujet, m'avait donné la solution.

Même dans les pays communistes, on fait des affaires, et il y avait du pognon qui circulait. Avec l'ouverture progressive vers l'ouest, les affaires

marchaient fort, et de nombreux hommes d'affaires commençaient à circuler hors des frontières…
« Vous comprenez, Bob, cela excite la jalousie de leurs femmes qui ne peuvent pas les accompagner… et elles sont féroces, les femmes yougoslaves… il y aurait du fric à se faire en leur proposant de filer leurs maris à l'étranger… »

La plaisanterie de l'attaché d'ambassade n'était pas tombée dans l'oreille d'un sourd…

Le rez-de-chaussée du pavillon se prêta à cela, il me suffit d'aménager un bureau. Un peu de publicité bien ciblée sur la clientèle recherchée, et je n'eus plus qu'à attendre que cela porte ses fruits.

Effectivement, un matin, ma porte fut ébranlée fermement par trois coups successifs et s'ouvrit sans ménagement.
J'étais assis derrière mon bureau, les yeux baissés sur une revue, et cette intrusion musclée me fit sursauter, je levai les yeux et, quelle ne fut ma surprise !

Je découvris une sculpturale croate aux cheveux ondulés noir de jais, les yeux bleu azur, les pommettes hautes, un petit nez mutin retroussé, les lèvres pulpeuses rouge cerise… une beauté slave se tenait dans l'encadrement de la porte.

Elle était juchée sur des escarpins noirs aux talons aiguille vertigineux, habillée d'une jupe tube ultracourte qui moulait ses cuisses musclées et bronzées, d'un chemisier tout aussi moulant, ne laissant rien ignorer de sa généreuse anatomie.

Elle fit trois pas en avant, s'immobilisa les jambes légèrement écartées, et me dit d'une voix rauque, avec un fort accent slave :

- Bok ![61] Je m'appelle Dubravka. Mais vous pouvez m'appeler Duda…[62]

---

[61] Salut !

[62] Prononcer « Doubravka » et « Douda »

Postface

J'espère que vous avez passé un bon moment avec ce livre !?

Prenez soin de vous, amis lecteurs.

Life continue… Enjoy… And remember…
Comme disait Paul Valery à la fin de sa vie :

« Tout ça ne vaut pas une belle paire de fesses ! »

Printed in Poland
by Amazon Fulfillment
Poland Sp. z o.o., Wrocław

90345729R00117